古書堂事件手帖 5
～栞子與心手相繫之時～
三上 延
U0026110
湘南モノレール
湘南 深沢駅

ビブリア古書堂

古書堂事件手帖 5

～栞子與心手相繫之時～

三上 延

序章

理查德·布勞提根（Richard Brautigan）《愛的去向》（新潮文庫）

工作沒做完，於是公休日也必須到店裡繼續工作。

我蹲在兩側被書櫃包夾的走道上，用繩子捆綁從書櫃上拿下的舊書。綁好後拿進主屋裡的倉庫，再將前天採購的舊書擺上空出來的書櫃空位。

這裡是座落在北鎌倉車站旁的文現里亞古書堂——從店名可知這是一家販賣舊書的書店。平日早上過了通勤的尖峰時間後，店門前幾乎不會有人經過。當電車通過橫須賀線的鐵路後，能夠聽到的聲音，只剩下我們店裡發出來的物品輕微碰撞聲了。

捆綁舊書的工作告一段落，我起身轉頭看向店內。櫃台後側，一位長髮女子正在替堆積如山的舊書標上價格。

她確認著書的狀態和版權頁，沒有絲毫猶豫就做出決定。年紀才二十五歲左右，和我相去不遠，卻像是已經從事這項工作幾十年了。

她今天將頭髮紮在脖子後側，馬尾順著穿著白襯衫的右肩往前流瀉而下，亮澤的髮尾停在她豐滿的胸部上。眼鏡鏡片後頭黑白分明的雙眸看來閃閃發光。

她沒有戴耳環，但似乎很介意露在頭髮外頭的左耳，拿起下一本書時，就會用食指摸耳朵。

她是個充滿魅力的人。有同樣想法的人不只我一個，每個來到店裡的男性顧客，在接過她遞交的商品或零錢時，總會看她看得出神。這情況我碰過好幾次，只要她站收銀台，就會有客人與她閒話家常，而且不只一、兩位。

她本人當然不可能注意到那些男性顧客的反應。這種時候，她往往會稍微轉開視線，以含糊的笑容帶過。

上個月我向她表白時，她也露出了同樣的表情，結果我只得淌著汗水拚命解釋，告訴她我在這家店裡初次見到她時，被她的哪個部分吸引，而現在這些感覺又有多麼無可取代。

那一天，她專注看著書。我不否認自己是被她的美麗奪去了目光，但是更打動我心的是她手拿著舊書翻頁時的愉快表情。她吹著口哨，大概是不自覺的。走調又沙啞的口哨聲，我到現在仍不知道是哪首曲子。

她此刻也正在一邊替舊書標價，一邊吹著口哨。在最後一本書上寫下數字後，她突然抬起頭帶著笑容說：

「寫完了。」

也許是注意到我一直盯著她瞧吧。我佯裝平靜地走進櫃台，假裝確認書背。

「……在閃耀的季節。」

突然聽見低沉的呢喃，我嚇了一跳。

「誰能歌頌那張風帆？」

她的視線不是看著我，而是凝視著更遠的地方，比擺在走道上的老舊鐵製招牌更遠，視線就落在柔和日光灑落的玻璃門外。電車月台的另一頭可見群山，新綠覆蓋的櫻花樹已經完全融入其他的綠意當中。

「剎那間，我流逝的時間啊！」

這是一首以五月為背景的詩，其中的一小段。她曾說過喜歡這首詩。我前幾天才看到收錄這首詩的初版書，我瞥了月曆一眼。

今天還是五月。五月三十一日。大概是因為這樣，她才會吟出這首詩吧。

這個五月發生了許多事，不過對我來說最重要的事情還沒有解決。店內通往主屋的那扇門緊閉著，現在主屋裡沒有其他人在，這裡只有我們兩個人。

我小聲清了清喉嚨，抬頭挺胸。雖然現在仍是工作時間，我還是打算選在這個時間點說。她彷彿感覺到不同於平常的氣氛，雙眼聚焦在我臉上。

「呃……」

我率先開口，說話的聲音比想像中還大。

「關於上個月那件事，能夠告訴我答案嗎？」

所謂的答案就是對於表白的回應。她說過五月時會明白地回答我，而今天就是五月的最後一天了。我聽話地等待了將近兩個月，也是因為我了解她有她的苦衷，她不會無緣無故拖延不回答。如果她當真打算拖延的話，一開始就會好好拒絕我了。

「讓你等這麼久，真是抱歉。」

她深深一鞠躬。

「我也打算等今天下班後告訴你答案。」

既然這樣我們等一下再說吧——我並沒有這麼想。況且我已經開口了，再說下班後，其他人恐怕也回到了主屋。我希望在與她初次邂逅的這家店裡，趁著兩人獨處時聽到答案。

「聽到你說你喜歡我時，我很高興。」

她沒有任何猶豫地娓娓道來。

「但是，我不曉得該怎麼回答……因為目前為止，我不曾想過要用自己的話表達心情，我更喜歡生活在其他人的文字化為的言語之中。」

她的纖纖手指滑過標完價格的文庫本封面。那本書是理查德．布勞提根的《愛的去向》（註1），新潮文庫出版。她是個非比尋常的舊書狂，不只收集而已，她貪婪地閱讀過每一本書，吸收成為自己的知識，並為此感到開心。和我在一起時也一樣，話題幾乎都圍繞著書本打轉。

「可是，我希望你……好好了解我是什麼樣的人、在想些什麼。」

我努力想要讀懂她的意圖。她是願意跟我交往或是打算拒絕？兩者都有可能。我挺直不動，屏息以待。

她究竟打算如何回答呢？

「我、和你……」

註1：此為日版書名《愛のゆくえ》，原書名為《The Abortion: An Historical Romance 1966》（墮胎：1966年浪漫史）。

第一話

《彷書月刊》

（弘隆社・彷徨舍）

1

我站在樓梯底下注視著建築物外頭。雨勢變得猛烈。

入口處瀰漫著微涼的溼氣。以四月來說，今天有點冷。我把頭探出屋簷，上風處的天空很明亮，所以也許再過一會兒雨就會停了。

我，五浦大輔來到位在戶塚的舊書會館。

昨天，我打工的北鎌倉舊書店——文現里亞古書堂收購了一批與圍棋、將棋有關的舊書，可惜那些書不是我們店裡經手的領域，因此我開車把書送來工會舉辦的舊書交換會，準備把書賣給其他舊書店。

「沒必要趕著回去吧？反正這種天氣也不會有客人上門。」

有人從屋簷底下的吸菸區對我說話。那位戴著金框眼鏡的纖瘦男子站在直立式菸灰缸前面，手裡拿著香菸。不曉得是不是有什麼特殊的堅持，他全身的服裝總是黑色，只有身前的圍裙是紅色；應該才二十多快三十歲，但是下顎參差不齊的鬍子讓他看來年紀更長。

這個人是滝野蓮杖，港南台滝野書店的少東，最近剛從父母親手上繼承了書店。他和我一樣也是拿舊書來賣，直到剛剛才結束工作。

平常他總是一忙完就會立刻離開，很少見他像這樣悠哉地待著。

「篠川一個人顧店不要緊的。」

一聽到篠川的名字，我的腦海中立刻浮現長髮女子坐在櫃台前的身影。現在她或許正攤開準備當作商品賣掉的舊書，津津有味地閱讀著吧。畢竟她打從骨子裡就是一個「書蟲」，只要沒有客人上門，就沒有人能夠阻止她看書。

她是我的雇主篠川栞子，不過對我來說她不只是我的雇主。儘管我不清楚自己對她而言又是什麼樣的人。

「我還有網拍方面的工作要處理。」

「啊啊，你們收購了一批驚人的亂步收藏對吧？要放上網路賣嗎？」

「是的。不過不是全部。」

這個月初，我們收購了一批包括江戶川亂步的著作和相關書籍在內的珍貴收藏。我們將搶手的商品擺在網路上販售，並逐步更新書店網站上的商品目錄，可是馬上就有顧客下訂，因此我們除了必須繼續更新之外，也必須趕緊出貨。

「那批書的持有者也是因為大地震的關係，決定把書脫手嗎？」

「我也不太清楚……大地震似乎的確讓書主有了脫手的念頭。」

侵襲東日本的大地震發生還不滿兩個月，聽說其他同行這段日子也陸續接到很多收購委託。大概是因為覺得擁有大量藏書在強烈地震發生時很危險吧。只不過我們遇到的情況不太一樣。

栞子小姐解開已逝的亂步收藏家留下的謎題，打開裝有亂步珍貴親筆原稿的保險箱，而酬勞就是按照我們開的價格把藏書賣給我們。

栞子小姐除了是舊書店的老闆之外，還有另一個身分，她能夠善用大量閱讀得到的龐大知識，解決舊書相關的謎團——而我則是她的小幫手。不過我和她不同，我不看書，應該說我無法看書，我從小就有這種「體質」，但我並非對看書沒興趣，甚至可說正好相反。

一談到書話匣子就停不了的她，遇上喜歡聽她說這些軼事的我，使得我們的利害關係正好一致。儘管過程中花費的時間大概會讓旁人覺得難以置信，不過我們逐漸變得親密。

「篠川一定很開心吧，她也喜歡亂步。」

滝野只有眼裡帶著笑意。我也只能沉默裝出笑容。

我們的確取得收購資格，不過栞子小姐心中或許五味雜陳吧。因為她錯失了親眼一探保險箱中的亂步親筆原稿——夢幻作品《押繪與旅行的男人》初稿——的機會。那份原稿現在應該和持有者一同旅行到某處去了。

然後，栞子小姐的母親篠川智惠子也追著親筆原稿而去。那位比女兒聰明、擁有豐富舊書知識的人物，也是栞子小姐的天敵。十年前她拋家棄子，直到前陣子都不曾捎來任何消息。

母親邀請栞子小姐一起去追亂步的親筆原稿，但卻被她以「我和大輔先生還有約會」為由，乾脆地拒絕。

我們的確約好要去約會，她也說了自己玩得很開心，但是她真的認為約會比較重要嗎？或者那只是用來拒絕母親的藉口？現在的我無法看穿她的真正想法。另一方面也是因為在結束約會的回程上，我——

「對了，聽說你約會時向篠川表白了，是真的嗎？」

「唔咦？」

冷不防挨上這一記，我不自覺發出奇怪的聲音。

「你、你為什麼知道？」

栞子小姐告訴他的嗎？栞子小姐和他雖是青梅竹馬，但我沒想到連這麼私密的事情也會說。

「我聽小瑠說的。不過這消息也不是篠川主動爆料，好像是小瑠那傢伙自己問出來的。她就是喜歡追根究柢。」

這個答案我可以接受。因為小瑠是滝野的妹妹，也是栞子小姐的密友。栞子小姐和我約會時穿的服裝，就是滝野瑠為她搭配的。小瑠為了不懂時尚的好友出手相助，既然連這種事情都幫了忙，也不難想像她會仔細打聽事後發展。

「前陣子我偶然在大船車站前面遇到文香。」

滝野繼續說道。篠川文香是栞子小姐的妹妹。

「她說你們兩個都很冷淡，問你們發生什麼事也不說，文香她很擔心呢。尤其是你的神情比平常更凝重。」

我忍不住摸了摸自己的下巴。「比平常更……」這個形容很多餘，不過，我沒想到自己的情緒這麼好捉摸。

我突然注意到滝野的右手，夾在他指間的香菸已經完全熄滅了。仔細想想，我來到這裡時，他的香菸似乎就已經是那個狀態。莫非他是因為擔心我們、有事情想問，才在這裡等我？

「然後呢？結果如何？你被甩了嗎？」

滝野的語氣很溫和，問題卻很犀利。

「沒有，暫時還沒有答案。」

「咦？她還沒有回答嗎？都已經四月底了？」

滝野一臉驚訝地說。沒錯，我向她表白已經是半個多月前的事情了。

「是的。不過，她似乎還需要一點時間。」

「什麼意思？這是怎麼回事？」

我開始老實說明。說真的，我也正好想找人談談。

對她說完「請和我交往」之後，栞子小姐陷入沉思的次數增加了。雖然我的確說過「不用今天回答也沒關係，妳仔細考慮一下」，但她考慮的速度太慢，我開始感到不安。

我受不了這種凌遲持續下去，於是在三天前，我決定告訴她，至少讓我知道該等到什麼時候。而就在我結束一天的工作，準備開口時，她主動先來找我。

「前、前、前陣子的、那件事……呃，那件事，就是……在橫濱，大輔先生，對我說的，那件事……」

她話說得斷斷續續。或許是比平常更緊張吧，雪白臉頰上沒有絲毫血色。終於要聽到答案了嗎？——我抬頭挺胸與她面對面。

「讓你，久等了……對不起……讓你，感到不愉快……」

「啊，不，沒那回事。」

我明白她認真考慮過了，所以之前才沒有開口。她低下頭搓著雙手，最後終於做出決定抬起頭來。我們之間的距離比想像中更靠近，被她往上抬起的大眼睛一看，我的呼吸都要停止了。

「大輔先生，我……那個，或許，很沉重。」

「啥？」

「之、之前我也說過，我原本、就、就沒有、結婚的打算。但是，我最近想了很多……」

只是想了很多也夠讓我驚訝了，和以前的她完全不一樣。

「但、但是，即使改變不結婚的想法，我、我還是、不打算和那、那麼多男人、交往……所以，如果要和某個人交往的話，這次我會……雖、雖說不是絕對！不過那個……我也許會、很認真地、考慮結婚……」

簡單來說，也就是希望以結婚為前提交往。果然很有她的風格，沒有考慮不談結婚、姑且先談戀愛就好。

「……我已經做好心理準備。」

我的回答也誠實得教人吃驚。雖然還沒有深刻地意識到，不過我想我從一開始就有這種打算吧。她的臉上恢復了血色——不，她變得比平常更雀躍。既然她都這麼說了，想必是打算接受我的表白吧？我滿心期待著。

「這、這樣啊。既然這樣……那個，其實，我還有事情尚未了結。」

我不解地偏著頭。沒想到事情的發展和我想像得不一樣。

「我現在還不能答覆你……因為這件事對我來說很重要。已、已經讓你等這麼久，真的很抱歉，不過，能不能再等一下下呢，拜託？」

她深深低頭鞠躬，我則是愣在原地。總之我只知道她的確有某些原因。欸，既然都等這麼久了，再稍微緩幾天也不要緊。

「沒關係，我等。」

我用力點頭。她抬起頭，唇邊隱約綻放微笑，似乎打從心底放心了。她溼潤的雙眸轉了轉。

「謝謝你！五月結束之前，我一定會答覆你。」

「咦……」

五月？她剛才說了五月？為了謹慎起見，我確認月曆，現在才四月底。難不成她要讓我以這個狀態繼續等上一個月？

「你就這樣答應了嗎？」

我嘆息。雖然心裡不同意，但既然我已經答應要等，也沒辦法反悔說不。

「她有什麼事情必須了結啊？」

「好像是難以啟齒的事情……到底是什麼事呢？」

「別問我啊，我怎麼可能知道她在想什麼？」

滝野擺擺手，繼續說：

「不過，要花這麼多時間處理，表示你對篠川而言有多麼重要，她不是能夠隨意敞開心胸接納他人的人，我想這種情況應該不多見。」

我腦海中閃過她將太宰治的《晚年》初版書交給我的畫面。雖然已經是半年多前的事情，不過她把不惜欺騙身邊其他人也要保護的珍貴舊書交給我保管——表示她對我的信任，以及我們重修舊好的證明，這項決定對於她這個「書蟲」來說，想必有相當的覺悟。可以確定我的存在對她來說很重要。

話雖如此，我也不想自抬身價。就算我對她來說很重要，也不代表她對我有戀愛的情感。結果她絲毫沒提到最重要的一點——她喜不喜歡我？

她明明很聰明，但一遇到自己的事情，就變得極度不擅於表達。即使她覺得結婚很好，也不表示她就打算選擇和我結婚。畢竟再怎麼說，我都是一個找不到工作、只能打工的失敗者。沒有亮眼的學歷，履歷表上頂多只能寫寫我的柔道段位和我有駕照等內容。

「既然這樣，我去幫你打聽看看，問問她到底有什麼打算吧？」

「不用，沒關係……」

如果真的想知道，我會自己去問。即使我沒有什麼了不起的過人之處，不過這點自尊還是有。滝野似乎早已預料到我的答案，只說了一句：「也是。」就結束了話題。

「話雖如此，一顆心像這樣懸在半空中，你也很困擾吧？你們兩個不是經常待在店裡嗎？」

我蹙著眉頭點了點頭。其實這也是我目前最大的煩惱。我們莫名地在意彼此的反應，甚至難以開口閒聊，自然而然也就愈來愈少說話了。

「我提供你一個聊天的話題吧？」

「話題？」

「嗯。這個話題可以讓篠川上鉤，也能轉換一下你們之間的氣氛。」

如果有這種話題，我希望他務必告訴我。「拜託請告訴我。」我低下頭說道。滝野把菸蒂丟進直立式菸灰缸，別有深意地微笑說：

「這陣子工會裡有個客人成了眾人八卦的對象……你知道《彷書月刊》這本雜誌嗎？」

2

回到北鎌倉時，雨已經停了，我把廂型車停在溼漉漉的主屋停車位上。主屋的門鎖著，於是我繞到面對鐵軌的書店入口。栞子小姐還是一樣坐在櫃台後側，不過她注意到走進店裡的人是我後，就瞪大了眼鏡後側的黑眼珠。

今天的她穿著亮色襯衫和牛仔長裙，並圍著黑色圍裙。天氣已經變得暖和，所以她也鮮少再披著開襟羊毛外套。她難得把亮麗長髮綁在背後，更突顯出她的臉有多小。

「我回來了。」

「啊，回來啦……辛、辛苦你了。」

她的聲音明顯提高了。只要我一靠近，她就會突然開始將書堆的書角對齊，或是開始整理亂扔的筆。她試圖佯裝自然，但這些舉動反而讓她顯得不自然。

「如、如果你需要的話，可以去休息。」

她對著正穿上圍裙的我說。

「不要緊。倒是栞子小姐，妳不是一直單獨顧店，沒有休息嗎？」

我說。我想我的反應應該比她更自然吧。

「我不要緊！剛才有小文幫我代班。非、非常謝謝你的貼、貼心！」

笨拙的笑容加上莫名其妙高舉著的拳頭，讓她看來就像是正在演講的政治家。她八成也注意到自己奇怪的情緒反應吧，只見她突然垮下肩膀，雙手啪嗒一響，交疊在櫃台上。

「對不起……我好像怪怪的……不對，應該是真的怪怪的。真的很抱歉……」

她的確很怪，所以我不想接話。

我們就在尷尬的氣氛中開始工作。栞子小姐移動到後側的電腦前面，開始更新網站內容。我也累積了許多必須寄送的網拍商品，而這段期間還有不少打來詢問的電話。

即使她有事情會主動找我說話，但她的視線不會對上我的雙眼。直到眼前的工作告一段落之後，我才說起滝野提供的「話題」。

「對了，剛才在舊書會館聽滝野先生提起一件事。」

栞子小姐沒有反應。因為我們之間隔著一堵書牆，因此我看不見她露出什麼樣的表情。

「聽說最近有不少書店都遇到一位奇怪的顧客……對方是去店裡賣雜誌，卻做了讓眾人很不解的舉動。」

她從書背暗處露出半張臉來。

「發生了什麼事？」

這話題似乎挑起了她的興趣。她的反應還不錯。

「栞子小姐知道《彷書月刊》嗎？」

舊椅子的輪子發出吱嘎聲，她整個人坐在椅子上滑了出來。

「我全部都有！」

她的雙眼閃閃發亮，隔著圍裙也能夠看出她挺起了豐滿的胸部。看這反應，她似乎不只是知道而已。

「那是什麼樣的雜誌？」

其實滝野沒告訴我雜誌的內容。他說：「你自己去叫篠川詳細解釋給你聽。」

「大輔先生應該也知道。等我一下喔。」

她坐在椅子上直接縮起身子。我從身後湊近看過去，只見她把頭和手伸進電腦底下的空間，從堆放在地上的書堆裡抽出一本雜誌。

「就是這個，你看。」

那是一本有書背的冊子，尺寸與大本漫畫雜誌差不多，與其說是雜誌，比較像單薄的簡介手冊。橘色封面上寫著「彷書月刊」。

「啊，原來是這個。我看過。」

開始在這家店工作時，有時會看見它擺在櫃台角落。

「我們店裡有賣過，對吧？」

舊書店卻擺著新雜誌，我當時曾經感到奇怪，但卻不曾拿起來翻閱。因為栞子小姐住院時，我多半是一個人顧店，光是要記住工作內容就精疲力竭了。

「是的，這本雜誌有點特別……你看看。」

我接過《彷書月刊》打開內頁。這本是二〇一〇年六月號，已經是將近一年前的雜誌了。特輯是「豆本型錄」，似乎是介紹手掌大小的小書——也就是豆本的特輯。內容談到實際製作出來的豆本及製作方式。

「這本雜誌主要是談書吧？」

「是的。雜誌的宗旨是『提供愛書人資訊』，內容是由與書相關的獨一無二特輯所構成。除了作家特輯之外，還有藏書票、手繪明信片收藏、停刊雜誌等……這麼說來，這本雜誌還曾經率先舉辦過舊書小說大賞。」

「舊書小說？」

「募集以舊書或舊書店為主題的小說及小品文。有不少人投稿喔！」

我第一次聽說有這個領域的小說。這樣一來，小說的主題不是很狹隘嗎？

「還有漫畫、電影、近代史特輯等等，包羅萬象，不過整體來說都是舊書相關主題。總編輯田村治芳先生也曾經是舊書店老闆……」

栞子小姐的視線低垂。以舊書為主題的雜誌已經夠讓人驚訝了，發行人還是舊書店經營者。發行雜誌與經營舊書店，這兩種職業相差甚遠吧。

我不自覺環視櫃台檯面，到處都沒看到《彷書月刊》。

「咦？店裡已經不賣了嗎？」

「很遺憾，這本雜誌去年已經停刊了……最後一本是第三百期。真的好可惜。」

她低聲說道。這雜誌對她來說一定意義深遠吧。

「月刊發行到第三百期，也就是說這本雜誌很久以前就有了吧？」

「創刊於一九八五年……正好是我出生的那一年。」

今年是二〇一一年，所以到去年為止持續發行了二十五年。

「提到舊書相關的資訊雜誌，最有名的就是從戰前持續發行的《日本古書通信》，不過《彷書月刊》的歷史也不短。我想關切舊書的人一定會長期訂購這兩套雜誌……我拿《日本古書通信》給你看看，這本你應該也看過。」

她再度把手伸進剛才的空間，拿出另一本薄冊子，大小和週刊雜誌一樣，騎馬釘裝訂，白色的書封上印著《日本古書通信》。二〇一一年四月號——也就是最新一期。這麼說來我的確看過，就是栞子小姐經常在休息完回來工作時，夾在腋下的雜誌。

（嗯？）

兩本雜誌都夾著同樣顏色的便利貼，似乎在確認文章。便利貼的顏色和平常店裡使用的相同，因此我有點好奇。注意看電腦底下，那兒有堆積如山的《彷書月刊》和《日本古書通信》。

「……妳該不會是在那邊閱讀這些雜誌吧？」

見她單薄的肩膀顫了一下，看樣子是被我說中了。

「對、對不起，只要一看到有趣的特輯和專欄，我不自覺就會開始瀏覽……」

她縮著肩膀低下頭，但我沒有生氣。反正雜誌和工作有關，而且利用空檔看雜誌也無所謂。

「這個便利貼的用意是？」

我改變話題。

「啊，這個，就是這兩本雜誌的特徵……」

她朝我手中的《彷書月刊》伸出手開始翻頁。後半冊的頁面上列出成排看來像是書名的內容，書名底下寫著價格，右上角則印著店名和聯絡方式——「請利用明信片或傳真訂購」。

「這是舊書目錄吧？」

內容收錄了各家舊書店一頁或兩頁的郵購目錄。雜誌後半本幾乎都是目錄。

「是的。這是一種廣告……除了自己店裡製作目錄發送之外，還可以刊登在雜誌上，讓不方便來店裡的客人訂書。不過最近也有愈來愈多店家開始利用網路賣書了。」

我們店裡就是如此。話雖如此，現在仍有部分書迷喜愛享受閱讀這些目錄的樂趣。栞子小姐夾著便利貼的地方，正是後半冊的目錄頁。她一定很認真確認過內容了。

（嗯？）

她剛才說瀏覽？在我還沒有開口之前，她本人似乎也注意到自己的失言，以快要哭出來的表情低下頭說道：

「對不起，其實我是一字不漏地仔細看過了……」

我的確感到驚訝，倒也沒打算念她一頓。說來丟臉，我不只喜歡工作俐落的她，也喜歡完全沉醉在書裡的她。

「啊，然後這是我從滝野先生那兒聽到的事情。」

我差點忘了這件事。我的目的不是為了聽她談書。

「聽說最近有位客人找上這一帶的舊書店，賣整套過期的《彷書月刊》。似乎是一位上了年紀的女士。」

「……整套過期的。」

她重複我的話，像在說給自己聽。她抬起眼睛看著我催促我說下去，表情也瞬間變得專注。這是解開書本謎團時的她。

「那位女士每次拿去賣的雜誌大致上都有四、五十本……也不在意收購金額，但是過了一、兩個禮拜後，她又會再度找上同一家店，表示：『這些雜誌是我的寶物，我還是無法脫手，希望能夠全部還給我。』」

「是的。」

「咦？可是一旦成立的收購很難取消吧？再說，那些雜誌有可能已經賣掉了。」

我點頭。剛才在舊書會館，我也提出了完全一樣的疑問，不過滝野的回答是這樣：

「這種時候，她就把剩下的《彷書月刊》以店裡賣的價格全部買回。即使期數不齊全、買賣價格有差異，她也不在意……然後，買回來的過期雜誌她又再度拿去另一家書店，以同樣手法再來一次。」

栞子小姐的拳頭抵著嘴邊，動也不動。這是她陷入沉思時的習慣。

「對方沒有犯罪，舊書店方面也沒有損失，只是因為實在太詭異了，才會在其他舊書店之間成為話題。」

栞子小姐仍舊沉默，表情有著難以形容的認真。我告訴她這個八卦的用意，原本只是想輕鬆閒聊、換換心情罷了。

「她也去了蓮杖先生那兒……滝野書店對吧？」

「咦？是的。」

「那位客人到目前為止去過哪幾家書店，你知道嗎？」

「我不知道全部有哪幾家，只記得應該是……」

我講出三、四家還記得的書店名稱。最近我去舊書會館的機會愈來愈多，所以也曾經和那幾家書店的老闆打過招呼。那些店都位在神奈川縣內，而且都和文現里亞古書堂一樣，屬於個人經營的小店。

「這幾家都是以黑書為主的店呢，經手的書籍領域也和我們店裡類似。」

「黑書」指的就是年代久遠的舊書或專書，最近幾年出版的新書則稱為「白書」。

「怎麼了嗎？」

我問。看樣子她的心裡已經有線索了。

「事實上大輔先生你去舊書會館時，我接到客人打來的電話，聲音聽來是上了年紀的女士。她說想賣整套的《彷書月刊》，問我們收不收。」

我沒想到會有這一招。這怎麼聽，都像是那位傳說中的客人。

「過期的《彷書月刊》在我們店裡流動頻繁，因此我告訴她沒問題，我們收，只是現在這套雜誌還不夠格以舊書價格標價，因此沒辦法高價收購。對方說，無論金額多少都沒關係，她會在傍晚五點左右把雜誌拿來……」

我愣了一下轉頭看向店裡的時鐘，指針正好來到五點。

玻璃門突然發出聲響打開了。

3

走進店裡的是一位身穿藍色雨衣的高個子女士，與雨衣同樣顏色的帽子底下露出了白髮。儘管她抬頭挺胸，仍舊看得出有相當的年紀了。緊抿的闊唇可感覺出她意志堅強，肩膀上還掛著沉甸甸的尼龍購物袋。

「我是剛才打過電話來的宮內，想請你們收購雜誌。」

她以溫柔的聲音說著，把購物袋放在櫃台上。舉止也很端莊，讓人想不到她會做出把書賣掉又買回的奇怪舉動。

「好、好的。謝謝您。」

栞子小姐拄著拐杖起身行禮。我則從購物袋裡拿出《彷書月刊》堆放在櫃台上，並請客人填寫收購單。我瞥了一眼她所寫的內容，名字是宮內多實子，年齡六十五歲，地址是東京都大田區矢口——

（咦？）

為什麼要特地從東京來到北鎌倉呢？她家附近應該也有不少舊書店才對吧。

她帶來的雜誌約有五十本，每一本的書背都已泛白，遠比栞子小姐剛才拿給我看的那幾期年代要久遠許多，收錄了很多看到標題不難想像的特輯，如：「追悼．司馬遼太郎」、「參見山田風太郎！」等，但也有「喝酒小店的宇宙」之類的內容。那是什麼樣的宇宙呢？

我退後一步，空出位置，改由栞子小姐來到櫃台前開始估價。她以熟練的手勢翻閱雜誌確認狀態，幾乎沒花太多時間就開口說：

「我、我在電話上也……嗯，跟您提過。」

她以咳嗽抑制差點要破音的聲音。她十分不擅長與客人面對面。

「那個，敝店沒有辦法開出太高的價錢……這些雜誌的狀態不是很好，而且還有手寫字和摺頁，所以……」

她吞吞吐吐地解釋著，然後告知收購價格。價錢的確不高。

「這些原本是我丈夫很珍惜的雜誌。他以前最愛逛舊書店，也收集舊書……摺書頁、在書上寫字都是他的習慣。」

自稱宮內的女士小聲說道。整段話都是過去式，表示丈夫或許已經不在了。

「這個價格我接受，麻煩你們了。」

兩邊對於這場交易很快就達成共識，栞子小姐從收銀機取出現金交給對方。

「改天到這附近，我會再過來逛逛。」

說完，女士便轉身朝夕陽西下的馬路走去。「謝謝光臨。」我們鞠躬送客。

栞子小姐在櫃台內的椅子上坐下，再度確認買下的《彷書月刊》。

「這些都是進入一九九〇年代之後的期數。如果有改用騎馬釘裝訂之前的創刊號到前期那幾本，就能夠多付給對方一點錢了……」

她的語氣裡充滿遺憾。

「這些要上架嗎？」

「當然。不管客人有什麼狀況，我們已經收購這些雜誌是不爭的事實。」

改天到這附近——這句話讓我很掛意。似乎在暗示著她會過來把雜誌買回去。

「妳認為這是什麼狀況？」

我猜栞子小姐應該已經看穿真相了，但她卻只是抿著雙唇偏著頭。平常被頭髮遮住的耳朵到脖子後側的線條正好對著我，讓我忍不住怦然心動。

「還不能確定已經完全弄清楚了……」

她拿起一本雜誌，翻開角落摺起的頁面，那一頁的內容就是書店目錄，書名上還用黑筆圈起

——凱窪（Roger Caillois）的《石頭寫的》（L'Ecriture des pierres）。附有書盒和書封。

「他標出了自己想要的書。」

「是的……看看有手寫字的目錄，就能夠了解書主的許多事情，包括他的看書傾向、收集舊書的方式等……這一位書主買書不是因為珍貴而買，比較像是配合自己各個時期想要閱讀的需求。他閱讀的種類繁多，特別關注法國文學和法國現代思想。」

那一類的書我當然沒有讀過，不過如果要找法國文學和哲學的書，我們店裡也有不少庫存。

「我好奇的是這個手寫字。」

她指了指右上角店名旁邊，有個潦草的字跡寫著「新田」。

「新田（Shinden）……？」

「應該是唸『新田（Nitta）』吧。」（註1）

新田——這是人名嗎？

我拿起「參見山田風太郎！」那一期雜誌，翻開摺角那一頁，只見山田風太郎的訪談內容中部分的發言用黑筆圈了起來。不只是目錄，書主似乎只要看到感興趣的內容就會動筆。這一頁的

註1：「新田」在日文中當成名詞與地名時唸「しんでん（Shinden）」，當成姓氏時唸「にった（Nitta）」。

角落也可看到「新田」二字。

「也就是說這位書主每次看過之後，都會寫上『新田』嗎？」

不懂這有什麼用意。就算這是某人的名字好了，有必要這樣一次次寫上嗎？

「以現在的狀況看來，我沒有太多想法……另外還有一點，這裡也有個奇怪的塗鴉。」

這次她指著成堆《彷書月刊》的書背一角，在「弘隆社」這個出版社名稱底下，畫了顆小小的黑點，而且所有過期的雜誌上都有這個記號。

「這是什麼？」

「我想這也應該有什麼用意……不過我目前還不是很清楚……」

結果全部都是謎——我們不知道那位女士大老遠從東京來到這裡做這場奇妙買賣的原因，也不知道《彷書月刊》上塗鴉的意思。

「總之，我們先標價上架吧。也許會發生什麼事。」

4

我們將收購的《彷書月刊》用塑膠套包起，以店裡的庫存補足欠缺的期數，當作一整套擺在書櫃上出售。栞子小姐說過也許會發生什麼事，但是過了幾天，還是什麼事也沒發生。

我要感謝滝野。雖然還沒有恢復到表白之前的程度，但我和她終於能夠正常對話了。我心想，一定要好好謝謝滝野。

怪事發生在當週的星期四。

明明是平日，卻從一大早就有許多收購圖書的委託。估價及把商品上架的作業不斷打斷我們更新網站內容的工作。

過了正午，客人總算不再絡繹不絕，這時熟悉的和尚頭男人氣勢十足地走了進來。他的年紀五、六十歲，穿著衣領皺巴巴的橘色長袖T恤，以及有一堆奇怪口袋的戶外網格背心。

他是背取屋志田，靠著將便宜購得的舊書轉賣給新舊書店的方式維生。他住在鵠沼橋下——是一位無家可歸的遊民。

他今天不是一個人來，一位手持細拐杖、戴眼鏡的老人和他一塊兒來。對方的年紀看起來比志田大上兩輪，下巴留著白鬍子，剪裁良好的襯衫底下戴著綠色圍巾。他們最近經常相偕而來，購買零散的海外文學全集或西洋史專書。

「唷，少年仔，有沒有好好工作啊？」

志田帶著無憂無慮般地笑容說著，把塞滿書的塑膠布袋重重擺在櫃台上。

「啊，你好。」

我點頭示意。

「這些要麻煩你們收購了。那位大姊呢？」

「我、我在。志田先生……您好。」

栞子小姐也從書牆邊緣探出臉來。

「妳又躲在那種地方。正在忙嗎？」

「現在還好……不過，我正在幫其他客人拿來的書估價，所以請等我、十五分鐘……」

「啊，沒關係沒關係。我會在店裡逛逛，妳慢慢來。」

他自動伸手拿了收購單開始填寫。我把袋子裡的內容物移到櫃台上，他今天拿來的是舊漫畫。多半是橫山光輝和石森章太郎的作品，我一邊確認著冊數，一邊偷看志田的和尚頭。

儘管我的反應像是什麼事也沒發生，不過我看志田的眼神已經和以前不同，因為這個人是栞子小姐的母親——篠川智惠子的老朋友，而且他們之前仍有私下聯絡。他這麼多年來一直偷偷把篠川家的消息透漏給篠川智惠子。

我注意到這件事是這個月初。當時我當面質問志田，而他也坦承一切，並且發誓今後不會再當間諜。我相信他絕對沒有惡意，只是幫幫一個想要了解家人近況的老朋友罷了。

但是，我無法和過去一樣與他輕鬆往來，因為我對志田——應該說我對他背後的篠川智惠子充滿戒心，她似乎希望那位與自己相像的女兒能夠成為自己的搭檔。我當然不可能坐視不管。

「那麼，她估價完畢後，叫我一聲。」

志田熱情地拍拍我的手臂，走向和他一起來的同伴。自從被我知道他和篠川智惠子的關係後，志田不再一個人到店裡來，或許是不希望單獨面對我們。

原本站在那兒看書的老人見志田走近，對他露出優雅的微笑。那個人感覺像是退休的大學教授，這麼說來我好像沒聽說過他是從哪來、做什麼的。他為什麼會認識這位年紀相差甚多、無家可歸的背取屋？

「大輔先生，這邊的估價結束了。」

聽到栞子小姐的聲音，我回過神來，接過貼著收購金額便利貼的書堆後，接著把志田拿來的舊漫畫堆在她面前。

「這些也麻煩妳了。」

「好的。」

我們的視線一對上，她就回以僵硬的微笑。

（她知道那件事嗎？）

她知道志田和自己的母親一直都有聯絡嗎？——有時我會感到不安。有可能她沒注意到，而我卻發現到了嗎？如果情況相反的話倒還正常，但如果她是因為某些原因而沉默不說破，我豈不是壞了她的計畫？

「怎麼了嗎？」

「不，沒事。」

我搖頭，此時店裡的電話響起，我連忙接起電話。對方是打來確認庫存和價格，想找湊書房發行的《甲賀三郎全集》。我把電話轉到子機，拿著子機走出櫃台，我記得那本書應該就擺在推理小說書櫃的上方。最近我終於逐漸記住店裡的哪邊有哪些書了。

我仰望天花板附近，同時回答客人的來電，突然看到那位老人的身影出現在書櫃盡頭。他正站在幾天前上架的成套《彷書月刊》前面，拿下眼鏡凝視著書背。

（嗯？）

他用手指摸了摸畫有黑點的角落。此時志田正好走過去，他對著志田指著書背，小聲說了什麼。志田回答：「好像是。」就從他背後走過。之後老人還是沒有想要離開那套雜誌前面。

我因為當時正在講電話，所以只看到這樣。儘管如此，我還是對於他被那個記號吸引的模樣印象深刻。

回到櫃台，我還是忍不住注意著老人，只見他和志田再一次對話後，就拄著拐杖走出門外。

「……志、志田先生，讓您久等了。」

栞子小姐一出聲，志田就踏著輕快的腳步走過來。趁她說明收購金額時，我站在收銀機前看著店外。老人似乎沒有打算回來。

「大輔先生……付錢。」

我這才發現他們兩人正盯著我瞧，不曉得什麼時候他們已經談妥生意了。

「啊，抱歉。」

我打開收銀機，把錢交給志田。

「剛才那位先生已經回去了嗎？」

志田也跟著我的視線，轉頭看向背後。

「沒有，他應該只是在外頭休息。你也看得出來吧，他的腳不太好。」

「你們最近經常一起來呢。」

「嗯？我沒告訴過你們關於他的事嗎？」

我搖搖頭看向栞子小姐，她也一副不知情的樣子。

「大概是半年前吧，他在藤澤市民會館前面的長椅看書時，我正好騎著腳踏車經過。我們兩個都很喜歡書，境遇也相似，所以覺得意氣相投。聽說他直到三年前都是某家公司的老闆……現在則是來到這裡獨自生活，好像也沒有家人。」

志田最擅長在奇妙的場合找到愛書的夥伴。去年那位偷走他寶貝文庫本的女高中生，也成了和他互相借書的朋友。

「他住在哪裡？」

「藤澤的鵠沼。就在江之電的石上車站旁邊。他以前的嗜好是逛舊書店，不過現在腳不好，搭電車也變得很麻煩，所以只要我有空，就會陪他一起逛，幫他提東西。今天他也打算等一下要去鎌倉車站那邊逛。那邊也有好幾家舊書店，而且回家只要直接搭一班江之電就可以了。」

一口氣滔滔不絕說完後，志田突然湊近我。

「你突然問我這麼多問題，怎麼了嗎？」

我猶豫著該不該全盤托出，但最後還是沒這麼做。我還是無法和過去一樣相信這個人。

「只是有點好奇而已。因為他最近在我們店裡買了很多書。」

或許無法從我的表情讀出更多訊息，志田將視線看向手邊，把剛才收下的錢塞進褲子口袋。

「欸，總之他是好人。和笠井那種傢伙不一樣。」

突然聽見這名字，我愣了一下，笠井是田中敏雄這男人曾經使用的假名。為了搶奪栞子小姐擁有的太宰治《晚年》初版書，田中將她推下樓梯，還曾經在她住院這段期間企圖闖入店內。

結果，田中遭到警方逮捕，因為幾條罪名正在受審。時至今日已經過了半年多，栞子小姐的傷還沒有完全復原。

「你們剛才在那套《彷書月刊》前面談話，發生什麼事了嗎？」

「嗯？啊啊，他說：『像這樣變成一整套，價格就會抬高一點。』我說：『好像是。』只有這樣而已。怎麼了嗎？」

他模仿老人的語氣意外神似，這個人莫名擅長這類奇怪的技能。

「……沒什麼，只是覺得如果他願意買的話，我會很高興。那些雜誌前陣子才剛進貨，實在很佔空間。」

我不確定自己掩飾得好不好。志田看了一眼我的表情，也沒有打算繼續追問下去。

「什麼啊，原來如此……那麼，我差不多該走了。他還在外頭等我。」

志田輕輕抬起手便走出店外。

店裡只剩下我們兩個人。我把剛才發生的事情告訴栞子小姐，說那位老人對於《彷書月刊》書背上的記號十分好奇。

「妳怎麼看？那位老爺爺會不會是知道些什麼？」

栞子小姐想了一會兒，最後只是靜靜搖頭。

「我想無法因此斷定。畢竟在意書況的人本來就會有這類舉動，也許他和我們一樣，只是單純對奇怪的記號感興趣而已。那套雜誌像那樣擺出來，連小小的記號也會很明顯。」

「啊……原來如此。」

我的腦袋立刻冷卻下來。我還以為掌握了《彷書月刊》謎題的線索，看樣子沒那麼容易。

「我反而對其他事情有點好奇……是關於志田先生。」

我嚇得提心吊膽。難道她發現我和志田之間奇怪的氣氛了嗎？但沒想到她接下來說的話出乎我的意料之外：

「志田先生沒有提到那位朋友的名字，但關於他的住處、相識地點等倒是交待得很清楚。」

「咦……？」

這麼說來，我才注意到他一直稱那位老先生「他」。但是，這一點很要緊嗎？

「也許只是偶然？」

「或許吧……不過仔細想想，不只是剛才，他們兩人之前也曾經多次到店裡來，但是就我的印象中，都不曾聽過志田先生提起那位朋友的名字。大輔先生，你聽過嗎？」

「聽妳這麼一說，我也沒聽過……」

志田先生的嗓門很大，只要他在店裡呼喚某人的名字，我們一定會聽見。

「意思是他一直刻意避免說出對方的名字嗎？」

「我是這麼認為……當然也很可能只是碰巧沒有機會。」

我也愈來愈好奇了。如果那位老先生真的是「好人」，應該沒有理由需要隱姓埋名。那位老先生一定有什麼原因必須隱瞞名字，而志田如果也知情，那麼他剛才那番話就不可盡信了。

（和笠井那種傢伙不一樣。）

我想起田中敏雄，忍不住顫慄。雖然我不希望太多疑，但小心駛得萬年船。儘管栞子小姐腦袋運轉得很快，但她的身體無法自由行動，我必須在她身邊守護著她才行。

5

下班後回到大船的家裡時，太陽已經完全西沉了。

我停好輕型摩托車，打開面對大馬路的拉門門鎖。我家原本是定食店，我和母親住在二樓，不過現在家裡沒有開燈。剛才收到母親傳來的訊息說要和同事一起去喝酒，晚一點回來。

一個人煮飯吃太麻煩，所以我決定出去買晚餐。我把輕型摩托車停進原本是店舖、現在當作倉庫的空間裡，再度鎖上門，準備前往商店街。

我想著要吃什麼，正好聽見手機傳來吵雜的簡訊鈴聲，那是會在地震發生前一秒發送的警報。包括我在內，路上的行人一下子全部停下腳步確認手機或智慧型手機。餘震的次數雖然減少了，不過還是會發生大型餘震。

等了一會兒仍然沒有感覺到搖晃，但我也沒心情前往車站前面了。正好面前有個摩斯漢堡的招牌，於是我決定晚餐就在那兒解決。摩斯的價格對我來說偏貴，不過剛好才領薪水，我凝視著黑板上因為四周逐漸昏暗而看不清楚的推薦菜單。

從半開的自動門裡突然有人大剌剌地跑出來撞上我。我不悅地抬起頭，只見綁著馬尾的女高中生揉了揉穿著深藍色西裝制服外套的肩膀。看樣子她似乎在趕時間。

「啊，好痛……果然是五浦哥。晚安。」

她輕輕舉起被撞到的手臂對我打招呼。她是栞子小姐的妹妹篠川文香，是個充滿活力的少女，與姊姊完全不同類型，就讀我的母校北鎌倉的縣立高中。

「晚安……妳不要緊吧？」

「沒事沒事。你在這裡做什麼？」

「我只是來買晚餐。妳呢？」

「我和朋友去那邊那家補習班拿資料，回程在這裡的二樓聊天。」

這麼說來，她已經是高三生，明年就要考大學了。我真切感受到時光的流逝——自己在那家書店工作到現在已經超過半年了。雖說我毫無變化，仍舊只是個打工店員。

「讓朋友等沒關係嗎？」

我問。明明已經和我打完招呼，她卻沒有打算回店裡。

「有關係，不過我有話想和五浦哥說。原本打算今天晚上打電話給你……那個，謝謝你和姊姊重修舊好。」

「……重修舊好？」

「咦？你們不是吵架了嗎？」

我們看起來像吵架了嗎？話雖如此，在公共場所實在不方便詳細說明。

「我們沒有吵架……只是彼此有些尷尬而已。我趁著前陣子一起出去時，就是……發生了一些事。」

「哦……原來如此。欸，既然是這樣，那就好。不過——」

我含糊解釋，她也做出含糊的回應。或許是她知道我不希望她繼續追究下去。

「總之，我希望五浦哥今後能夠繼續和姊姊好好相處。我的意思不是男女朋友的交往。」

我也希望啊，但是，我更希望能夠是男女朋友的交往。

「姊姊外表雖然長得漂亮，不過她這個人其實很麻煩。就我所知，她沒辦法和男人感情好到像你們這種程度……所以說，前陣子晚餐時，我問了姊姊，問她對五浦哥有什麼看法。」

我屏息。她們拿來配飯的話題，正是我目前最關切的問題。我雙手握拳。

「然後，栞子小姐怎麼說……？」

「她說和你在一起很安心……就像爸爸一樣。」

原本上升的體溫瞬間下降。這種稱讚對我來說不是好事，如果栞子小姐對我說：「有你在，就像父親一樣教人放心，但那不是戀愛的情感……」而拒絕我也很合理。

「對不起對不起，你比我家老爸年輕很多很多，被這樣講一定不舒服吧。而且五浦哥的年紀也比姊姊小。」

篠川文香連忙道歉著。我難以說出口的反應似乎被她解讀成其他意思了，在我還沒有辯解自己並不在意之前，她已經繼續說下去。

「這麼說對五浦哥很不好意思，不過我聽了姊姊的說法，也稍微能夠理解。畢竟我們家沒有男生……而且爸爸又過世了。」

我們兩人同時陷入了沉默。

突然有台腳踏車從後方靠近，我的腳比腦袋快一步行動，往前踏出一步，把手擺在篠川文香的西裝外套肩膀上保護她，把她帶進人行道的內側。目送極度貼近我們的腳踏車通過後，我才鬆了一口氣。

「謝謝。」

她露出雪白的牙齒一笑。

「所謂安心，就是像現在這樣……我曾經有一段時期很膽小。姊姊受傷住院，我們家裡又遭小偷……結果都是田中敏雄那傢伙搞的鬼。

大概也是從那陣子起，我開始對五浦哥感到不爽。你雖然看起來不像壞人，但是外表粗魯又沉默寡言，卻能夠得到姊姊的信任，開始在我們店裡工作。我好奇你們究竟發生過什麼事？」

她的確有一個禮拜很明顯地在監視著我。原本都是自己一個人顧的店，卻突然冒出一個陌生男人，理所當然會有戒心。

「但是，我很快就覺得那些不重要了。因為你工作認真，也有好好招呼客人……現在想來，或許是某些地方和我爸相似的關係吧。姊姊大概也有同感。再說，你也真的幫了我們大忙。」

「咦？」

「姊姊遭到田中敏雄襲擊時，你不是在醫院屋頂上把他摔出去嗎？」

而且是過肩摔。我差點笑出來。

「因為他想要跳下屋頂阻止書被燒掉，我只是想阻止他，不是什麼了不起的事。」

「你太謙虛了。」

我真的沒有謙虛。我當時的確挺身制止他，但我認為真正保護了栞子小姐的人是她自己。為了讓執著於太宰治《晚年》的田中放棄，她當著他的面放火燒掉了複製品。

知道真相的只有我們兩人——然後，恐怕還包括田中和我有親戚關係這件事。

只有我們兩人知道的祕密不只那起事件，隨著她解開書的謎團，只有我們兩人知道的真相也就愈來愈多。她對我感到「安心」或許也是因為我們共享了許多祕密。

對我來說，包含這些感受在內的情感就是戀愛，但是對她來說又是如何呢？她在想什麼——這才是一切的關鍵。

「栞子小姐最近有沒有什麼改變？比方說，去了什麼地方。」

篠川文香眼睛往上看，翻找著記憶。

「沒什麼……啊，她經常在傍晚或晚上打電話。」

「電話？」

「我想是打給老顧客。大概是通知他們找的書有貨了等等。她本來很不擅長與客人應對，最近在這方面卻很用心。我問她怎麼回事，她說因為從客人那兒取得資訊很重要……」

印象中曾經聽過同樣的話，就是篠川智惠子出現在文現里亞古書堂時，給女兒的建議。栞子小姐當時雖然反駁，最後還是照做了。

「另外就是前陣子的休假日，她去旁聽了判決。之前原本除了去當證人之外都不曾去過。」

「妳是指田中的判決？」

她點頭。

「這樣啊，原來還沒結束啊。」

那起事件發生超過半年了。聽說當事人也認罪，並且配合調查，我還以為早就判決定讞了。

「聽說是姊姊的事件這部分已經結束，但他在網拍上詐騙金錢等小事件的審判還在持續著……你有沒有從姊姊那兒聽說什麼蛛絲馬跡？」

「沒有。」

栞子小姐幾乎不提判決的事，也看不出來她對這件事有興趣，所以我也特意不主動提及。

「還有啊，那傢伙的刑期居然比想像中還要短喔。」

「什麼？」

「在醫院企圖偷走姊姊的書和威脅等部分被判有罪，但是除此之外的……把姊姊推下樓梯這些在五浦哥來工作之前發生的事，好像全都不成立。」

我說不出話來。栞子小姐現在仍舊因為當時受的傷，必須靠著拐杖生活。理該判他重刑。

「那傢伙不是自白了嗎？」

「他是自白了，但因為缺乏證據，所以不成立。」

「對於這件事，栞子小姐說了什麼？」

「我不清楚，不過她好像不是很在意，只說了這也沒辦法。我們不是真的沒辦法，對吧？」

文香看來無法接受，但當事人說這話的用意是什麼，我不清楚。她既然沒有對於田中偷偷潛入醫院一事報警，想必也知道必須承擔判決時舉證不易的風險。

「欸，不過他還是必須在牢裡待上幾年，大概也不會有提早假釋的機會。」

聽到這裡，我鬆了一口氣。也就是說，短期之內，那個男人絕對不會出現在我們面前。

姑且不提刑期，我突然對栞子小姐去旁聽判決的動機感到好奇。重要的審判既然早已結束，這樣更顯奇怪。該不會這件事與延後答覆我的表白有關吧？

「嗯？我原本想說什麼……啊，對了，姊姊今後也麻煩你了。我要忙著準備大考，所以希望五浦哥能幫忙注意我姊，我不希望她再出什麼事了。」

雖然很想問她——監護人到底是妳還是妳姊？不過我也抱持相同的看法。姑且不管表白回覆的結果，我認為至少應該先問清楚她究竟有什麼打算。

「知道了。我會注意。」

我說。

6

隔天早上，我很快就完成開店準備。為了通風，我把外頭的玻璃門打開後，回到店內後側。栞子小姐在櫃台內數著零錢，數完就放進收銀機裡。我趁著她忙完關上收銀機時開口，開店前的這個時候，是最能夠好好說話的時間。

「現在方便嗎？」

她拿著數零錢盒回頭看向我。我覺得有些難為情，不過如果在這裡猶豫的話就輸了。

「我可以等妳願意回答時再答覆我表白的結果，但妳可以告訴我妳打算做什麼嗎？」

她的黑色雙眸突然轉向別處。長睫毛真美。

「這件事和妳去旁聽田中敏雄的判決有關係嗎?」

「……你聽小文說的?」

「是的。」

她蹙眉表示不悅。

「真是的,怎麼什麼都說出去呢……和那場判決沒有關係。這件事現在還不能告訴大輔先生,對不起。」

她不帶情感的致歉話語讓我氣惱,應該可以換用別種說話方式吧。

「我只是怕萬一出事,我也會擔心。」

受到她的影響,我的聲音也變得冷硬。她瞇起眼鏡後側的雙眼。

「我已經不是小孩子了……與其在乎這種事,不如好好工作。」

她的話中帶刺。被她這麼一說,我豈能繼續緘默。這個傢伙難道忘了自己曾經差點沒命嗎?

「我一直在想,妳不會隱瞞太多自己的事了嗎?」

我不自覺放大了音量。另一個冷靜的我在腦袋角落裡警告自己——這樣爭執不要緊嗎?然而我還是沒有打算退縮。我相信她也一樣。

「妳在想什麼、又有什麼打算,稍微告訴我一點有什麼關係?我也有不知所措而感到困擾的時候啊!」

「你……可、可是，我說請你等我回覆，你不是說『沒關係，我等』嗎？」

「我說的不只是這件事，而是包含之前的事。」

「之前的事別現在這時候才突然提起。我也很困擾啊。我不說……當然是有原因的。」

「所以我才問妳原因是什麼啊。」

「你沒聽見我說的嗎？這明明是我的私事，你為什麼非得這樣苦苦追問？」

「因為我喜歡妳！」

店裡頓時一片安靜。一開始的針鋒相對最後變成以莫名其妙的表白收場。情況為什麼會變成這樣？我還在苦惱著，卻聽見椅子突然喀咚一響。栞子小姐坐在椅子上顫抖著肩膀，看起來似乎──不是不舒服，她連太陽穴都紅了。

「你、你別突、突然說那種話！……太狡猾了。」

她緊閉雙眼，用數零錢盒遮住低俯著的臉。

「這樣、我、我沒辦法、工作……」

她擠出細小的聲音。我嚥了下口水，沒有多餘的心力揶揄她怎麼比我第一次表白時更害羞，一看到她這種反應我就失去了理性。我緩緩拿開數零錢盒，她雖然閉著眼睛，卻沒有抵抗。我正想要摸摸她燙紅的臉頰時──

「……打擾了。」

背後傳來的聲音嚇了我一跳。我戰戰兢兢轉過頭，只見穿著戶外網格背心的小個子男人正尷尬地摸著他的和尚頭。

「在這種時候打岔真是抱歉！我是來賣書的……」

志田說完，將雙手提著的兩個大袋子高舉到眼睛的高度。

「我馬上回來。」栞子小姐說完就躲進主屋去。大概是進去深呼吸恢復冷靜吧。我只好負責收下書，把收購單交給志田。我們兩人好一陣子沒有開口說話。

此時還不到開店時間。

我甚至沒有勇氣確認他聽見了多少我們的對話，頂多只能從他溫暖安慰的眼神，猜出他大概從「因為我喜歡妳！」的時候已經在店裡。我拚命忍住想要大叫逃走的心情。

「……我說。」

志田一邊拿原子筆填單子，一邊小聲說。

「怎樣？」

「年輕真好。」

「拜託，別提了。」

「我不是要取笑你，只是覺得你們有許多時間可以像這樣待在一起又分開，生氣或歡笑，真好……和我這種老頭完全不一樣。」

他感慨萬千地說著，彷彿在回顧自己的境遇。

「志田先生，你不也有時間嗎？」

他和我們的年紀應該沒差到那麼多。但是，志田搖頭苦笑。

此時通往主屋的門打開，栞子小姐拄著拐杖回來了。

「讓、讓您久等了，十分抱歉。」

對志田鞠躬的她，臉頰上還殘留著紅暈，而且完全沒打算看向我。我了解她姑且是把我當作異性看待，但她到底是怎麼想，結果我還是不清楚。她還沒有回答我的表白，並且還是一樣拒絕說明原因。

「那麼，書……」

她在櫃台後側坐下，視線對著前方說道。她說話的對象是我，我連忙從袋子裡拿出書來。

那些書是以外國哲學和文學為主，以《喬治・巴塔耶作品集》、《生田耕作全集》等有書盒的硬殼書居多，還混了幾本《東京人》雜誌，不過每一本都是介紹神田神保町的特刊。

書裡到處夾著代替書籤的紙片，紙片是利用切成細條的廣告紙摺成。書的保存狀態良好，也找不到破損或摺痕，看樣子書主很愛護這些書。

「這些書從哪兒收購來的？」

我問。看起來不像其他舊書店賣的書。志田以指甲搔搔臉頰，過了一會兒才說：

「其實……這些是昨天和我一起來的那位朋友的書。他本來也要過來，不過好像臨時走不開，所以我代替他拿書過來。欸，你們要看清楚好好估價喔，我覺得這些書很適合你們的店。」

說完，他離開櫃台，和平常一樣開始來回看看書櫃。我的視線跟著他的背影。正如栞子小姐所說，志田完全沒有打算提到那位老先生的名字，收購單上面填寫的也是志田的名字。

「……大輔先生。」

栞子小姐小聲喊我，將堆放在櫃台上的書換個方向。她不曉得什麼時候已經完全恢復冷靜。

「啊……」

從袋子裡拿出來時，我沒注意到，不過仔細一看，每本書的書背和書封角落都打上了黑色小點。和那些《彷書月刊》的記號一樣。我拿起擺在最上面的《東京人》，翻開夾著書籤的那一頁。內容是「嚴選！推薦舊書店指南」，書主以黑筆圈起了感興趣的舊書店。

「這是怎麼回事？」

我壓低聲音詢問。

「只有這些線索還不夠……總之，我先估價。」

她確認書的狀態，貼上寫了金額的便利貼，這段期間，我在腦子裡整理目前為止的資訊——

宮內多實子這位上了年紀的女士，不斷拿著有奇怪記號的《彷書月刊》賣給各家舊書店後，又再次買回來。她說原本的書主是她丈夫。然後與志田有交情的老人賣給我們店裡的書上，也有同樣的記號。

「……有很多法國文學和法國現代思想的相關書籍呢。」

栞子小姐小聲說道。《彷書月刊》的擁有者在目錄上打勾的舊書，也多半是這類領域的書。

（意思是這些書的持有者都是同一位嗎？）

這麼說來，那位宮內女士沒有說過書主已經過世。也許那些雜誌只是丈夫離婚後留下——雖說如果她的前夫就是那位老先生，年紀似乎差太多了。

「請看這個。」

她翻開我剛才看過的《東京人》。我不懂她的意思，正疑惑著，她繼續在我耳邊小聲說：

「……沒有『新田』。」

「啊，真的耶。」

聽她這麼一說，我才發現這些書上找不到《彷書月刊》上一定會寫的那兩個字。為了謹慎起見，我打開那些已經估價完畢的硬殼書查看，結果也一樣。假如兩批書的書主是同一個人，為什麼今天拿來的這些書上沒有寫呢？我實在搞不懂。

「志田先生。」

聽見栞子小姐呼喚，志田回到櫃台前。

「這些書的狀態雖然很好，不過塗鴉不少……而且不是鉛筆寫的，沒辦法擦掉……」

「啊啊，那也沒辦法，我懂我懂。」

志田點頭回應。

「我也向書主提過內文上有塗鴉，所以收購價錢會低很多，我想他已經有心理準備了。」

栞子小姐告知收購金額後，志田很乾脆地應允。付完收購費後，她像在閒聊一樣問道：

「這是什麼記號呢？」

她拿起馬歇爾．埃梅的《他人的脖子　月之小鳥們》給志田看看書背。志田睜大眼睛靠近看，笑了笑說：

「什麼啊，這個嗎？那傢伙習慣在自己看完的書上畫上這種記號。這樣子一眼就能看出哪些書已經讀完了，很方便。」

「自己也不曉得哪些書有沒有讀完嗎？」

我插嘴。

「手邊的書若增加太快就會這樣，這也沒什麼好奇怪的吧。再說上了年紀記性就會變差。」

一個謎團解開了。這大概是習慣不斷大量買書的人的小智慧。

「而且我們變成朋友，也是因為這個記號的關係。」

志田來回看著我們兩人的臉，繼續說道。

「我昨天也提過吧，我們會認識是因為我主動向坐在市民會館長椅上的他打招呼。一位老人家在那裡看書原本也沒什麼稀奇，不過他在書背上做記號，引起了我的興趣，主動搭話之後發現他果然是很有趣的老爹，我們意氣相投得不得了……啊，糟糕。」

他像是突然想起什麼似的，大步走向書店角落抱著一套書走回來。我愣了一下。就是那批《彷書月刊》。

「這、這是要幹嘛？」

「他拜託我拿賣書錢幫他買下這些。昨天他在這家店裡看到後，無論如何都很想要。」

我和栞子小姐面面相覷。事情發展至此，教人很難相信一切只是偶然。

「這套雜誌上也有同樣的記號喔。」

我指著包了塑膠套的《彷書月刊》書背。其中有幾本是用店裡原有的庫存補上，除此之外的雜誌上幾乎都有黑筆做的黑點記號。

「哦。既然這樣，表示這些書原本是他的吧？不過他什麼都沒說。」

志田露出十分不解的表情。看樣子他似乎不清楚老先生和《彷書月刊》之間的關聯——也可能是知情不說。

「……志田先生。」

栞子小姐的語氣變了，已經看不到平常誠惶誠恐的態度。看樣子她的開關又打開了。

「能否請您仔細告訴我們這些書籍擁有者的事情呢？可能的話，也請告訴我們他的名字。」

志田的臉上首次出現反應。他拿起櫃台上的空袋子小心翼翼地摺起，像是試圖矇混過關。

「妳為什麼想知道？」

「這套《彷書月刊》最近引起一件怪事。我認為那件事和今天的買賣也有關係……請您務必告訴我們，拜託您了。」

志田因為栞子小姐的認真而驚訝。這次事件的開端來自滝野那兒聽來的八卦，並非有委託人拜託我們解謎。以單純好奇來說，栞子小姐的反應似乎有點過頭。該不會這次的事件還隱藏著我尚未發現的祕密嗎？

「老先生的名字是不是宮內或新田呢？」

「那是誰啊？兩個都不是。我發誓，他不叫那個名字。」

志田乾脆否定。但他也沒打算說出對方真正的名字。

「……我想也是。」

栞子小姐也同意。她似乎早算準答案會是這樣。

「志田先生，是不是因為你們有相似的境遇，所以才不在他人面前提起他的名字？」

現場一陣沉默。原來是這麼回事嗎？——志田過去曾經犯下重大過失，必須以假名低調生活。那位老先生也做了同樣的事嗎？因為他們兩人有相似的過去，所以才會變成朋友。

「……那個人不是罪犯。」

志田終於沉重地開口。

「就像我上次說過的，他是個好人，只是有些承擔不了的包袱，只好全部捨棄逃走……現在他只想好好看書，度過餘生。今後也不會對任何人造成困擾。拜託你們別插手，讓他這樣吧。」

說完，他對我們深深鞠躬。

志田抱著《彷書月刊》離開後，我們馬上開門營業，第一件工作就是將剛才收購的舊書上架。志田進來之前的爭執，結果就這樣不了了之。

「接下來該怎麼辦？」

我在櫃台前替《生田耕作全集》包上塑膠套，同時問栞子小姐。志田垮著肩膀離開的樣子始終留在我的腦海裡。結果他直到最後仍然沒有提到老先生的本名。

栞子小姐也沒有表示是否會聽進志田的請求，她或許已經知道這起事件的真相了。即使只有一點點小線索也無所謂，她一定能夠循線找出我想像不到的結論。

但是，如果揭開真相的話，或許會打亂老先生的生活。

「我沒有打算就這樣算了。」

「但是，這樣一來……」

「大輔先生。」

栞子小姐停下正在寫價錢標籤的手，打斷我的話。

「人們因為某些原因而逃走，希望能夠找到一個地方靜靜生活……我不是不明白這種想法，但是，既然有人逃走，就表示有人被留下……這些人也有自己的想法。」

我什麼也說不出口。這個人是從與志田不同的角度在看事情，從被留下的人的角度。

「不久之後，宮內女士應該會再度來訪。我們等她來。」

到時候一切真相將會明朗吧。那位女士為什麼要不斷進行奇怪的買賣、「新田」這塗鴉是什麼意思、為什麼今天拿來的書裡沒有寫上「新田」，諸如此類。

這項結果將會引發什麼情況，不是我這個沒逃走也沒被留下的人有資格置喙。但是，我想看看栞子小姐到底想要做什麼。

7

宮內多實子現身文現里亞古書堂，是在隔天的傍晚。

我正想把擺在店外的均一價花車收進店裡時，看見一位年長女性從北鎌倉車站的出口閘門走過來。她穿著和上次一樣的藍色雨衣。我停下手邊的工作等著她。

「歡迎光臨。」

「你好。有件事情想要拜託你們……」

「啊，好的。請進來。」

我領著她進入店內。剛才還坐在電腦前面的栞子小姐不曉得什麼時候已經移動到櫃台後側，大概是聽見我們的對話吧。

「前幾天感謝您前來本店賣書。」

栞子小姐拄著拐杖行禮。

「請問今天有什麼能幫上忙的地方嗎？」

她以流暢的口吻詢問，樣子冷靜沉著，與上個禮拜完全不同。

「我想要買回前陣子賣掉的雜誌，我還是不忍心放手。」

「很抱歉，那些雜誌昨天已經全數賣掉了。」

客人的臉色大變，手支著櫃台，朝栞子小姐探出上半身。

「請告訴我是誰買了那些雜誌，拜託妳。」

她請求的聲音中帶著些許顫抖。栞子小姐原本也想說些什麼，最後還是沒說出口。

「很抱歉，恕我們無法提供詳細資料，因為這事關客人的隱私。但是，如果您願意告訴我們詳情的話，我可以幫您去確認……那位買主是不是宮內女士您的丈夫。」

穿著雨衣的肩膀一下子洩了氣。她目不轉睛地看著店長的臉。

「妳知道多少？」

「只有一些小事情……買下那些《彷書月刊》的人習慣看完後，在書背上畫黑點做記號，他和您的年紀相差甚遠……經常光臨敝店，不過總是很低調。」

我想起弓著背看書的老先生身影，到現在我們仍然沒聽說他的名字。

「大概就是我丈夫。」

女士輕輕一笑。那個鮮明的表情與她的年紀不相符。

「妳只知道這些？」

「不……還有宮內女士您把《彷書月刊》賣給各舊書店之後又買回去的原因。」

宮內多實子稍微睜大雙眼。她大概沒料到我們知道她在其他舊書店也做過同樣事情吧。

「您賣雜誌的那些舊書店，經手的書多半是您丈夫有興趣的領域。如果您丈夫頻頻光顧那些舊書店也很正常……您為了與失蹤的丈夫取得聯繫，於是將雜誌賣給那些舊書店。」

我聽不懂意思，不過宮內女士只是默默聽著。琹子小姐繼續說：

「您大概是從誰那兒聽說丈夫出現在這一帶的舊書店吧。一開始您應該直接詢問過店家，但沒有一家舊書店會輕易告知客人隱私……因此，您把丈夫的藏書《彷書月刊》拿出來賣。

這些雜誌很薄，又是騎馬釘裝訂，而且只要幾十本過期雜誌擺在一起，書背上的黑點記號就會相當醒目。您認為只要丈夫注意到，或許就會買下……對嗎？」

「……是的。」

宮內多實子點點頭。兩人都了解彼此的意思，只有我完全聽不懂。沒辦法，我只好開口：

「不好意思……請問，您丈夫買下後，您又能怎樣呢？」

兩位女性面面相覷，負責替我解釋的人是栞子小姐。

「那些《彷書月刊》上充滿了寫給丈夫的訊息，希望他聯絡宮內女士的住處。」

「咦？寫在哪裡？」

栞子小姐打開擺在櫃台上的帳本，拿出一張收購單給我看。那是宮內多實子上禮拜在這家店裡寫下的收購單。栞子小姐以食指指著地址欄，上頭寫著：東京都大田區矢口——

「這怎麼了嗎？」

「我一開始也沒注意到……最靠近這個地址的車站，就是東急多摩川線的武藏新田。」

我驚叫出聲。那個「新田」的塗鴉，原來不是人名，而是站名。表達的意思是——我住在武藏新田附近。

「也就是說，這是宮內女士後來才寫上的嗎？」

「是的。她在所有打勾的頁面都寫上『新田』，是因為不曉得丈夫會打開哪一期的哪一頁。自己的雜誌上有妻子寫的字，做丈夫的應該一看就會明白意思。」

「……我現在的住處是和丈夫剛結婚時買的公寓。對於丈夫來說也是充滿回憶的地方。」

宮內多實子幫忙補充道。我總算明白為什麼昨天那位老先生拿來賣的書上沒有「新田」的塗鴉了。但是，光是這樣我還是不明白。

「可是，為什麼必須採用這麼麻煩的方式呢？應該有更確實的方法……」

「不，我想很困難。」

栞子小姐說。

「不但不清楚本名與來歷，除了知道經常出現在某家舊書店之外，根本沒辦法和一個失蹤的人確實取得聯繫。因此為了增加丈夫注意到的機會，她才會反覆在各家舊書店賣書又買回。」

原來如此——我心想。那位老先生光顧文現里亞的日子並不固定，所以其他店也一樣吧。

這位女士大概是以連一根稻草也要抓住的心情來嘗試這樣的買賣——然後，這裡有人正確看出了她的意圖，主動協助。

「全都說對了。簡直就像是我自己在說明一樣。」

說完，宮內多實子苦笑。

「我早有心理準備不會那麼容易找到。畢竟我丈夫是個聰明又謹慎的人……但是，我因為喜歡他重情義這點，才想和他結婚。我一直很信任他，包括他的缺點在內。旁人曾經因為他離過婚和他年紀的關係反對我們結婚，但是我不顧一切堅持要和他在一起。我們原本是兩個人一起經營公司，直到三年前。」

三年前——我心中反覆著這句話。這與那位老先生不再經營公司、搬到這一帶居住的時間點正好吻合。

「他的嗜好只有收集書，除此之外幾乎不花錢，所以我也很放心。因此當我知道他挪用公款時，我很驚訝，他一共挪用了將近五千萬日圓。」

「五千萬……」

我也忍不住開口。這種金額我只在紙上看過而已。

「他是將這些錢拿去做什麼了呢？」

栞子小姐問。這個有點越界的問題讓我冒冷汗，不過宮內多實子似乎不在意。

「他有個前妻，年紀比我小很多……因為她需要用錢，原本以為只是代墊一陣子。我不清楚他為什麼要給她那麼一大筆錢，也不知道他們當時是什麼關係。在我還沒來得及問出詳情之前，他們兩人就失蹤了。

正好當時我們公司也經營得很辛苦，最後因為資金周轉不靈而倒閉。如果當時有那五千萬日圓的話，情況或許會大不相同。」

她爽快地說出一切，這模樣反而像在訴說她非比尋常的辛苦與心痛。看起來連蟲子都不殺的老先生居然有這樣的過去——不對，既然他是逃走的，想必應該犯下了什麼罪行。

（既然有人逃走，就表示有人被留下）

被留下的人其人生也起了重大變化，再也無法討回來。

「您之前一直在找您的丈夫吧？」

「我用盡了一切方法，但，還是找不到。」

她的語氣彷彿看開一切，有著難以言喻的冷淡。

「因為當時還有其他許多事情必須處理，我不得不先將找人的事情擱置。等到再想起他，已經是很久之後了。為了還債，我們的財產幾乎都被處分掉了，唯一剩下的就是我現在住的公寓。我搬進去之後才想起他。

現在回頭想想，和他的婚姻生活沒有什麼不愉快。工作上我們始終在一起，因此假日多半是各自度過。這種方式我們也比較輕鬆，因為我喜歡活動身體，我們的嗜好完全不同。」

她瞇起眼睛，很懷念地環顧塞滿舊書的書櫃。

「我丈夫一到假日就會前往神保町，抱回一大堆書，把書堆在客廳裡一本本確認。我問他買了什麼時，他會開心地為我解釋。他說的內容我幾乎都聽不懂，但是光是聽他說話，我也覺得很愉快。女人就是會迷上熱衷於某個事物的男人，對吧？」

栞子小姐聽她這麼問，不解地偏著腦袋，似乎沒有共鳴。比起來，我才是比較懂她意思的人。雖然我不是女人。

「他收集的那麼多書也被處分掉了……因為沒有空間放置，而且我需要錢。」

「……唯獨《彷書月刊》沒有處理掉，是嗎？」

「是的。因為他一直有定期訂閱，而且總是從頭到尾仔細看過。如妳所見，他經常在上面做筆記。不管要不要買，都會在目錄上做記號。我看著他的記號，漸漸了解他喜歡什麼樣的書、在想些什麼……感覺好像丈夫就在那兒，我跟著也讀了那些書。」

的確，只要仔細閱讀舊書雜誌上的筆記，就能夠了解這本雜誌主人的讀書傾向。不懂舊書的宮內女士也是因為《彷書月刊》而想到丈夫可能會出現在哪些舊書店。

「來龍去脈我都明白了。」

琹子小姐說。

「如同我剛才對您說明的，我會去見買下《彷書月刊》的客人……如果確定是您的丈夫，您打算怎麼做？直接與他見面嗎？」

宮內多實子緊抿嘴唇。我不清楚她心中經歷過什麼樣的掙扎，但她的表情很快就豁然開朗。

「他有可能是我丈夫吧，所以只要確定是不是就夠了。不過能不能請妳幫我傳話？」

「……好的。」

「告訴他，如果可以的話，打電話給我。」

琹子小姐以難以言喻的表情等著她繼續說下去，等到的卻只有沉默。

「請問，只有這樣嗎？」

「這樣就夠了。」

宮內多實子微笑道。

栞子小姐對於傳話內容這麼簡單似乎很困惑。宮內多實子回去後，她仍舊一副納悶的表情。

總之，那天，栞子小姐外出，首先與志田碰面，請教老先生的住處。聽說志田一字不漏地告訴了她，所以她能夠與老先生碰面談話。

關於這件事，我知道的只有這些。

自從栞子小姐去見過老先生之後，老先生再也不曾來過我們店裡。我也沒接到宮內多實子的聯絡。聽到傳話之後，結果怎麼了？我問獨自前來的志田，他也只是聳聳肩表示不知情。

那一天，宮內多實子的丈夫一定詳細說明了整件事，也許是不方便讓第三者聽到的內容吧。栞子小姐沒有帶我去，也是因為預測到會是這種情況——

欸，這些都只是我自己的想像。究竟有哪些部分吻合，我不可能知道。

（……算了。）

正要前往書店上班的我，停止胡思亂想。縱使我已經告訴栞子小姐，希望她能夠告訴我更多事情，但也正如她所反駁的，許多事情勢必存在著某些不能說出口的理由。

我騎著輕型摩托車抵達北鎌倉車站，天空萬里無雲，打開玻璃門的門鎖，文現里亞古書堂裡沒有半個人在。栞子小姐似乎還在主屋裡。

總之，先準備開店吧——在此之前，我撕下一張掛在牆壁上的照片月曆，盛開的櫻花底下露出新綠的群山。

今天開始就是五月了。

斷章 I

小山清《拾穗・聖安徒生》（新潮文庫）

我盤起腿看著書。這裡是橋附近的河岸地。

夕陽西下後，水泥塊仍舊帶著餘溫。對於住在戶外的人來說，四月是最舒服的月份，能夠迎風看書的季節很短暫。

話雖如此，在西沉的夕陽底下看書很辛苦。我打開日光燈檯燈，雖然不想浪費電池，不過偶而奢侈一下也無妨。

我攤開包著手工石蠟紙書套的文庫本，那是去年偷走這本書的女高中生給我的。書套底下是一如往常的那本小山清的《拾穗・聖安徒生》。沒辦法，我就是愛這本書。

現在正讀到書名之一的〈聖安徒生〉篇，這段是以聖安徒生寫給母親的手寫信為表現手法的書信體小說，還是一樣甜美慵懶，但我並不討厭。這位作家的小說裡出現的人物都是窮人，不過我沒有資格說人家。

一個人影從河濱步道朝著這邊走下來，動作莫名緩慢。那是一位披著薄外套的女孩子，長髮融入四周的黑暗中。

我彈跳站起。前來的人看來就像是過去曾經救過我的老恩人。不對，她拄著拐杖，是恩人的女兒。

「志田先生，晚安。」

她以與母親極相似的清爽聲音問候。這位小姑娘能夠像這樣流暢說話，大致上只有在逼問人的時候。看樣子來者不善。

「您在看書嗎？」

「是啊。工作結束了，正在放鬆。就是你們之前幫我找回來的……小山清。」

我拍了拍文庫本封面。雖然知道她來找我是為了什麼事情，不過我還是希望避免先由我這邊主動開口。

「妳知道嗎？小山清曾經坐過牢喔，所以他的小說是根據自己的經驗寫成。同樣是作家，有些人也有著不一樣的過去。」

我不自覺說了不必要的話。這一點也是我前陣子在圖書館裡閱讀其他作品集時知道的。

「在日本筆會（註2）發生的盜用公款事件，對吧？聽說他原本罪不至於要坐牢，卻被處以最重徒刑。」

我說一句，她才會回應一句。能夠和這個小姑娘面對面的五浦，還真是有膽量的傢伙。我有時反而覺得這小妞很可怕。

「那本書可以借我一下嗎？」

她向我伸出沒有拄拐杖的那隻手。

「這麼說來，我還不曾看過您收藏的這本書。」

「好啊。」

現在拒絕又有什麼用。我把文庫本擺在手掌心上。

「剛才宮內多實子到我們店裡來了。」

比起她的話，我注意的是她手上的動作。她俐落地以單手拆下石蠟紙書套，用拄著拐杖的那隻手的手肘夾著書套。

「她拜託我幫她傳話給買下《彷書月刊》的人，也就是她的丈夫……如果可以的話，打電話給我——就是這樣。」

「……妳在說什麼？」

「我會覺得不對勁，是您提到您和老先生的認識經過時。」

她突然開始聊起這個話題，我益發驚訝。

註2：國際筆會（International PEN，簡稱 PEN）的日本分會。由作家、詩人、劇作家等組成的藝文組織。

「志田先生，您說您騎著腳踏車經過藤澤市民會館前面，主動向坐在長椅上看書的老先生打招呼……」

「我沒有說謊喔。」

「是的，所以反而突顯了其中的不自然。您自己也說了，在長椅上看書的老人並不罕見，您卻特地踩住煞車，停下腳踏車，找對方說話，這點讓人感到奇怪。如果只是書背上的記號，有必要讓您這麼在意嗎？」

我明白自己被看穿了，但她不一定全部都看穿了。

「只有這樣？」

「讓我覺得關鍵性的不對勁，是昨天志田先生拿書來估價的時候。那些書的書背上的確有黑色記號，書中也有筆記。但書主為了做記號夾進了親手製作的書籤，即使是無法當作舊書估價的雜誌也一樣。」

我的背後一陣冷顫。是這種地方露出了破綻嗎？

「然而《彷書月刊》卻是以摺頁的方式做記號……這種習慣顯示出書主的個性。會規規矩矩製作書籤的人，不可能只有在閱讀那套雜誌時，會隨便摺起雜誌內頁做記號……也就是說，《彷書月刊》和昨天那批書的書主不是同一位。

假如昨天那些書的書主是志田先生的朋友，那麼《彷書月刊》又是哪一位的東西呢？我想到的只有一個人。」

她指著新潮文庫的書背。角落的黑點記號被日光燈朦朧照亮。

小姑娘進一步打開書。〈拾穗〉那一頁的邊緣被摺起，我最喜歡的一段話則用黑筆圈起來——「我回顧自己的來時路，對於過去喜歡的人，我沒有太多話好說。」

「宮內多實子女士的丈夫，不是您的朋友，就是志田先生您吧？」

看樣子沒辦法裝傻了。我本來以為既然能夠騙過五浦，搞不好有機會騙過小姑娘。

「志田先生主動與那位老先生搭話，也是因為他與您有相同的習慣……讀完書後會在書背上用筆做記號，對吧？因此和他聊起來之後，您發現兩人境遇相似……我說得沒錯吧？」

「……完全正確。」

我舉白旗投降。原因還有一點，一部分也是因為感傷，因為我年輕時父母雙亡，如果父親還活著的話，大概就像那位朋友一樣的年紀。

「兩位在我們店裡的《彷書月刊》前面所談的內容，真正的內容是什麼？」

「他問我：『這是你的書嗎？』我回答：『好像是。』他大概察覺到我有話對你們說，所以離開店裡去了外面。」

我難以形容自己當時的震驚，我還真佩服自己能夠一如往常地和這些傢伙對話。

「我注意到那是妻子賣出來的書，我猜想其中一定有什麼意義，我想確認內容，但是你們要成套賣，而且還包上了塑膠套。我也想過拜託你們讓我看一下內容就好，又覺得你們一定會追問原因，搞不好你們私下已有什麼交集。考慮到最後，我決定請那位朋友幫我，請他假裝是《彷書月刊》的書主。」

「那位老先生知道志田先生的境遇吧？」

「大概吧。原本的打算是請你們到府估價，到時我準備帶你們去那位老先生的住處，然後請他告訴你們：『我只是想要那套雜誌，不是原本的書主。』事實上也是如此……這樣做既可以解開誤會，又不會暴露我的真正身分。」

可惜在這小姑娘面前要這種小手段根本不管用。早知道老實請他們讓我看一看內容，也許反而不會有麻煩。

「然後呢？妳打算怎麼做？告訴多實子我在哪裡嗎？」

「我沒有這種打算……這也不是宮內女士的希望。只是，您是不是應該打個電話給您的妻子比較好呢？」

「現在打電話給她又有什麼用？」

「您應該告訴宮內女士，到底是什麼情況，您必須借錢給前妻……這一切都有原因吧？」

我突然想起小山清書裡的一段話：「我回顧自己的來時路，對於過去喜歡的人，我沒有太多話好說。」以我的情況來說，沒有太多話好說似乎交待不過去。說起來無論是當時或是現在，我愛的人都不是前妻。

三年前，前妻把我找去，給我看一張小男孩躺在醫院病床上的照片。她說那是我兒子，和我離婚後才出生，他患有嚴重的心臟病，在排隊等待出國接受移植手術，然而他的順序突然被調到很前面，前妻來不及變賣財產。討價還價之後，她希望我在一個月內借她五千萬日圓。

現在回想起來，我覺得自己的愚蠢真是無上限，當時居然完全上當，從公司戶頭裡拿錢出來。我和多實子之間沒有生孩子，所以一方面也許是我對小孩的渴望讓我昏了頭，簡單來說就是對方乘虛而入了。

「說了也不能怎麼樣……我們不可能重來。」

前妻的話當然全是騙人的，她有個有詐欺前科的情夫，不過沒有兒子。前妻和情夫捲款失蹤。受不了一下子損失這麼大筆現金的我，於是也仿效他們搞失蹤。

我應該要對多實子坦白，並且對於因此蒙受損失的人一一下跪道歉才對，但結果我辦不到。這三年來，我甘於過著沒有固定住處的嚴峻生活，也不願意認真面對過去犯下的錯。

前妻現在怎麼樣了我不知道。我不想見到奪走他人金錢的傢伙的嘴臉，但是挪用公司公款的我也沒有資格責怪別人。如果每個人過著安居樂業的生活，平靜過日子，不是很好嗎？

「……一般人常說失敗了可以重修舊好，不過失敗後再重修舊好有多困難，如果不是當事人是不會懂的。像我這樣，一旦逃避了，大致上就很難再次挽回了……」

小姑娘靜靜聽著。她沒有鼓勵我重修舊好，因為她明白沒有那麼簡單。這位姑娘也曾有過一段被母親拋棄的過去。

我不難想像她今後會怎麼看待我這個既卑鄙又愚蠢的男人。或許是因為我這三年來一直看著她成長的關係，我把這個年紀可以當我小孩的姑娘當作自己的小孩。我不希望她看不起我，我嘆氣說道：

「好，我會考慮……妳要說的只有這些？」

「事實上還有一件事，我也有事情要拜託您。」

「什麼事？」

「幫我聯絡、傳話給我母親，告訴她我想見她。」

她之前從沒提過，我沒想到她居然連這件事都知道了。

「妳早就知道我和智惠子有聯絡嗎？」

恩人的女兒點點頭。

「今年開始我就猜想大概是這樣……果然沒錯嗎？」

「為什麼之前都不說？」

「……我想如果有事要說，有您幫忙傳話很方便。因為我不知道母親的聯絡方式……」

我苦笑。原來這個年輕小妮子在利用我嗎？母女兩人都一樣深不可測。

「我聽說她去旁聽了田中敏雄的判決，所以也去法院看看會不會遇見她，結果還是沒有線索。只好找找現在和母親仍有來往的客人……我想志田先生您也許有辦法聯絡上她。」

「我是願意幫忙，不過事實上五浦也知道我和智惠子聯絡的事。」

「大輔先生……」

姑娘口中喃喃說著。看樣子她不知道這件事。

「那傢伙也不像外表那麼遲鈍。被他知道後，我告訴智惠子不會再繼續告訴她消息，我們就再也沒有聯絡了。」

我們之前是用網路上的私人聊天室聯絡。我每次去網咖都大致會進去看一下，不過沒見到她登入的蹤跡。

「有那麼重要的事情要找她嗎？」

「是的……關於大輔先生的事。」

「喔喔，『因為我喜歡妳！』那件事嗎？」

「啊、那個是……呃、還有、其他、很多事……」

她不只是臉，連雙手都紅了。剛才的冷靜彷彿是騙人的，這個樣子才是我熟悉的她。

「妳是要找智惠子討論和五浦交往好不好嗎？」

「不、不是！」

她突然大喊。

「那件事我會自己決定，而且我已經有結論了。但是……和母親碰面，對於現在的我來說很重要。」

我一句話也聽不懂。不管怎麼說，結論不會改變。

「總之，妳找其他方式碰碰運氣吧。我幫不上忙，真是抱歉。」

對多實子透露我行蹤的人，八成是智惠子吧。都已是這個時候，突然有人說在舊書店見過我，未免太不自然了。她或許是準備把我這顆棋子用完就丟，真是難纏的人啊。

既然這樣，我也發揮我難纏的本領吧。

「她現在八成想從其他哪個人身上套出你們的消息，就像前陣子的我所擔任的角色，你們身邊應該有這種人，把那個人找出來吧。」

篠川栞子想了一會兒，把書還給我。

「謝謝您。」

她轉身離開。直到她的身影消失在步道那頭，我還是佇立在河岸地。

「回顧自己的來時路嗎？」

讀過那些《彷書月刊》後，我馬上就明白多實子現在住的地方。電話號碼應該和以前一樣吧。這附近的便利商店還能找到現在難得一見的公用電話，我的口袋裡也有些零錢。

我如果談自己的過去，她真的願意聽到最後嗎？或者會突然失去冷靜呢？已經三年不曾聽見彼此的聲音了，我也已經上了年紀，多實子應該更有此感吧。

印象中前陣子好像曾經對誰說過這番話——和年輕人不一樣，我們這種老頭沒有太多時間了——沒有太多時間可以像這樣待在一起又分開，生氣或歡笑。

我移動沉重的腳步，蹣跚走上斜坡。我還沒有決定到底要不要打電話，一邊走向便利商店一邊考慮吧。

第二話

手塚治虫《怪醫黑傑克》（秋田書店）

1

舊書界稱報廢的書為廢料或廢料書——這是我最近才聽說，不清楚出處來自哪裡。

黃金週的最後一天，我把沒有書封的廢料文庫本一一放進大紙箱裡。櫃台內還堆著好幾個同樣的紙箱。

外頭的天色昏暗，早已過了打烊時間。我始終來不及整理完收購回來的書，所以落得打烊後還得繼續加班的下場。

三月十一日到今天已經過了將近兩個月，幾乎所有新聞都在報導震災消息，核能發電廠外洩意外也還沒有解決，這一帶的祭典活動也因此取消了好幾場。

儘管如此，這次的黃金週還是有很多人出遊，北鎌倉變得十分熱鬧。昨天傍晚到府收書的回程路上就遇上大塞車。

現在，店長栞子小姐正在廂型車上整理昨天收購的書籍。這項工作平常是在店裡進行，但是店裡已經被其他客人拿來的書擠得水洩不通。沒辦法，我們只好分頭處理。整理完畢之後，我可以待在篠川家吃晚餐。

表面上我和栞子小姐的關係已經恢復到原本的樣子，沒有改變，我也還是一樣沒有得到表白的答覆。不過，距離五月底的期限還有三個禮拜。

老實說，我開始覺得她讓我等到最後一秒也不錯。如果答案讓人高興也就算了，但也有可能不是。「凡事應該盡量往好處想，但也要做好如果事情往壞處發展時的準備。」這是過世的外婆告訴我的話。做好心理準備也需要時間。

我按照店長指示，將書分成放上店內書櫃的書、暫時要搬進倉庫的書，以及要報廢的書。做完後，接下來只要把書從這裡搬出去，今天的工作就告一段落了。

我正在喘口氣、大大伸個懶腰時，入口處的玻璃門突然打開，出現一位身穿整齊套裝、嬌小纖瘦的女性。從她俐落的行動看來，她應該有運動或武術經驗，看起來和我家店長同年。

她是位適合清爽短髮的美女，但是抿成ㄟ字型的雙唇和莫名強而有力的眼神又讓人好奇。她的視線此刻正筆直刺進我的眉間，讓人覺得這個人很像某種猛禽。不過眼神銳利這一點，我好像也沒資格說別人。

「很抱歉，我們今天已經打烊了……」

「你是五浦大輔？」

聽到對方叫我的全名，我感到很困惑。之前應該不曾見過她，這張臉不可能會忘記——只是覺得她跟某人很神似。

「是的，我就是。」

「嗯……原來如此……」

她狠狠將我打量一番之後說道。「原來如此」是什麼意思？

「請問您是？」

「我是滝野瑠。你好。謝謝你總是照顧我的舊書狂朋友和沒種的哥哥。」

她帥氣說完低頭行禮。嘴上雖然惡毒，不過禮貌倒是很周到，也許是跑業務的。滝野瑠這個名字之前已經聽過無數次，她是栞子小姐國中的密友，也是滝野書店滝野蓮杖的妹妹。仔細一看，她的鼻梁和輪廓很像哥哥。

「我是五浦大輔，妳好。」

「我知道你是誰。」

看起來似乎是這樣。不曉得她從誰那裡聽過我什麼事。她雙手擺在櫃台上，輕身跳起看向書牆後側。

「啊，不在。那個大奶眼鏡妹她人在哪？」

這綽號真難聽。她和栞子小姐完全不同類型。

通往主屋的門打了開，拄著拐杖的本人現身。大概是精疲力盡了吧，她的眼鏡有點滑落，肩膀也垮了下來。一注意到自己的朋友在場，她眨了眨眼睛。

「晚安，小瑠。真難得妳會到店裡來……剛下班嗎？」

「沒錯……」

滝野瑠環抱雙臂，從上到下打量對方，眼神比剛才看我時還要銳利。栞子小姐一如往常地穿著素色女用襯衫、百褶長裙和圍裙。滝野瑠重重嘆息。

「欸，衣服就沒辦法了，我放棄。但是，妳啊，該不會沒化妝吧？」

栞子小姐啪地遮住自己的嘴唇。指責她的滝野瑠臉上化著完整的妝，戴著設計不會過分華麗的耳環和手環。這個人很注重打扮。

「我們已經不是國中生了，從出生到現在都過了四分之一個世紀，乖乖聽信學校修女說自然素顏最可愛的時代早就過去了。聽懂了嗎？為什麼連口紅都不擦呢？妳再怎麼邋遢也好歹是做服務業的啊。」

「因為很、很麻煩……」

聽到她老實過了頭的回答，滝野瑠一副受夠了的表情仰望天花板。

「妳還是小朋友嗎？像妳這樣不肯把自己打扮漂亮，真的很浪費喔……她在約會時看起來還不錯吧？全都是我幫她弄的。」

話鋒突然轉到我這兒來。

「呃、是的……很漂亮。」

要我再說一次，實在很難為情。栞子小姐也臉紅低下頭。滝野瑠不曉得為什麼露出痛苦的表情拍了一下手。

「夠了，這種扭扭捏捏的遊戲請在我不在的地方進行。總之，現在的妳就是在浪費自己的天生麗質。只要好好打扮就會變成美女，既然妳希望讓人看見，就必須自己注意一下。」

與其說是朋友，她比較像是姊姊在對妹妹說教。不過栞子小姐只是以奇怪的表情點點頭，也許她們平常就是這樣相處吧。

「……那個，今天有事嗎？」

栞子小姐戰戰兢兢地問。

「對了，我差點忘了。我有事要找栞子和五浦商量。」

「也找我？」

我姑且確認一下，滝野瑠點點頭。

「嗯。因為和書有關。」

「和書有關？」

栞子小姐也出聲反問。一聽到是書，她似乎就感興趣了。

「只要找你們商量這類事情，五浦也會一起幫忙，對吧？若沒有你幫忙，栞子就沒勁了。」

「呃……」

我之前也曾聽滝野蓮杖說過類似的話。我開始在文現里亞工作之前，栞子小姐似乎並未接受這類委託。

「……小瑠，妳分明不曾找我商量過這種事情。」

「啊，這麼說來還真的一次也沒有耶。」

栞子小姐似乎在鬧彆扭。不過她沒說「就算只有她一個人也會接受委託」，也沒打算否認滝野瑠所說的話。

「然後呢？妳要找我們商量什麼？」

「嗯，我社團的學妹……也是妳的學妹吧？從聖櫻畢業後，現在是大學二年級。她大學和妳一樣是念教會學校。」

聖櫻是指聖櫻女學園。那是一所國、高中一貫的歷史悠久天主教女校，校舍就位在大船車站附近的山上。

「在學時我們不曾見過，我是在校友和在校生的交流會上認識她。我們兩家住得很近，經常在電車上遇到，漸漸就成了朋友。最近聽說她父親很寶貝的幾本書不見了。」

「被偷了嗎？」

栞子小姐問。

「好像有什麼原因，我也沒有仔細問。總之，她希望找懂書的人商量。我家雖然經營舊書店，不過我沒有幫忙過家裡，對書也不是很懂，又找不到栞子之外可以商量的對象……」

「妳沒有和滝野先生……蓮杖先生商量嗎？」

我問。如果是他的話，應該也具備豐富的書籍知識。再者，既然是妹妹的請託，應該很樂意傾聽才是。

「不，我哥有點……」

她皺著臉，搖頭擺手。這麼說來，她剛剛才說了哥哥很沒種，雖然我有幾分同情，但或許是因為如此才不請託哥哥吧。

「我知道了……如果我能夠幫上忙的話。」

栞子小姐說。我們之前也找過不見的書——就是志田持有的小山清絕版文庫本，以及宮澤賢治珍貴的初版書。這次到底又是什麼情況呢？

「那麼，不見的書是？」

「幾本《怪醫黑傑克》的單行本。」

2

和委託人碰面是三天後的傍晚。我們不小心花了太多時間才處理完累積的工作。對方指定的碰面地點是滝野書店，所以我們搭電車前往港南台。

「《怪醫黑傑克》是指漫畫的《怪醫黑傑克》對吧？」

在大船站轉車等待電車時，我問栞子小姐。無法長時間閱讀文字書的我，多少也看過一些漫畫，那套漫畫的內容講述臉上有疤的天才無照醫生替各式各樣的病患動手術。我只翻閱過朋友家的漫畫，記得以當時的漫畫來說，那一套的集數相當多。

「是的。那是一九七〇年代在《週刊少年冠軍》上連載的作品。主角是成年的醫生，故事是單回就完結，以少年漫畫來說風格相當與眾不同。當時原本預定短期連載三回到五回就結束，雜誌上的連載告知也很低調，第一回連載時也沒有刊頭彩頁。」

只要一談到書，她還是一樣會變得很健談。順便補充一點，她今天擦上了淺粉紅色的唇膏。光是這樣就比平常漂亮許多。

「咦，作者是手塚治虫對吧？那位鼎鼎大名的漫畫家？」

我記得一般稱他是漫畫之神。但這部作品聽起來好像沒有受到太多期待。

「是的……只不過當時手塚治虫的人氣正在下滑。」

我雙眼圓睜。

「真的嗎？」

「是的。手塚治虫雖然是畫出《原子小金剛》、《森林大帝》、《寶馬王子》等作品，奠定戰後劇情漫畫基礎的天才，但是他在這段時期遭遇了許多打擊；經營的漫畫工作室倒閉，原本談好的連載也被一一取消。據說他的稿費在當時的漫畫家當中屬於『B級』。

因為處於那樣的時期，所以《怪醫黑傑克》開始連載前也沒有受到太大的矚目。儘管如此，這部作品的人氣卻節節上升，使得連載不斷延長……最後終於成為吸引年輕一代漫畫迷的入門作品。假如沒有這部作品，後世對於手塚治虫這位創作家的評價，或許會截然不同。」

我不曉得原來手塚治虫的人氣也曾有高低潮。仔細想想，應該不會有未曾遭遇問題、吃過苦頭，就能持續活躍的創作者。時代會改變，無論哪個天才都會遭遇低潮。

「《怪醫黑傑克》是讀者群最廣泛的手塚代表作之一。內容有著漫畫的非寫實，卻是以醫療這個專業領域為主題的少年漫畫作品，這在過去的日本漫畫史上幾乎很少見。」

「這部作品連載了幾年呢？」

「從一九七三年十一月起，到一九七八年九月，約五年，不過後來仍然不定期地持續發表。連不定期連載也包括在內的話，這部作品連續畫了十年之久。後來黑傑克也曾經出現在同樣連載於《少年冠軍》雜誌的作品《午夜》之中，擔任重要角色。」

畫著藍線的電車進站，我們搭上車。大船站是起站，所以在電車開動之前還有一點時間。坐在空蕩蕩的座位上，栞子小姐繼續說：

「光是《怪醫黑傑克》也畫了超過兩百回，但是手塚治虫這段時期的作品還不是只有這部。手塚這位創作者的特色之一，就是工作量超乎常人。」

「其他還做了什麼工作？」

「他一邊持續連載《怪醫黑傑克》，並於一九七四年開始在《週刊少年雜誌》上發表《三眼神童》，這部也成了人氣作品。同時還有描寫釋迦牟尼生平的《佛陀》在連載，另外還有《火鳥》的望鄉篇、以明治初期北海道為舞台的《修馬力傳奇》、幾年前曾經改編成電影和電視劇的惡漢作品《MW毒氣風暴》等……多部作品同時進行。」

光聽就覺得腦袋一片混亂了，裡頭有幾部作品我也聽過。

「手塚一生經常同時連載多部作品，不斷生產作品，甚至到他胃癌臨終之前，仍有三部作品連載在進行。他可說是個工作狂吧。講談社出版的《手塚治虫漫畫全集》共有四百集，不過還是有很多作品沒有收錄在其中。」

栞子小姐終於停下來喘口氣。電車不曉得什麼時候已經開動了。看她眼睛的光芒就知道她還有很多話要說。

「妳對手塚治虫的漫畫也很熟悉呢。」

我老實說出自己的感想。這個人還真的是什麼都知道耶——但是，她臉上卻絲毫沒有開朗的表情。

「算不上熟悉……我讀過整套全集，此外頂多只是收集喜歡的作品而已……」

「呃，這樣算不上熟悉嗎？」

她剛說過，光是全集也有四百集啊。

「還不足以用來了解他身為創作者的全貌。手塚的作品如果只讀單一種類的單行本，仍然有許多不了解的地方。」

這句話是什麼意思？在我準備開口問下一個問題之前，電車已經駛入港南台車站的月台了。

滝野書店位在港南台車站附近一棟五層樓公寓的一樓。仔細想想，這是我第一次到店裡來。時間已經是晚上，所以招牌點亮了。這家店與文現里亞古書堂不同，他們營業到半夜。

穿過打開的自動門進入店內，店裡燈火通明，比文現里亞寬敞許多。店名雖然是滝野書店，但是有一半的商品都是電玩遊戲和ＤＶＤ。小心翼翼圍起的角落入口上掛著「未成年者禁止進入」的門簾，以舊書店來說不算罕見，看來店裡也販售成人ＤＶＤ等商品。

雖然店裡文字類的專書比較少，但舊漫畫區很充實。也許是店長的堅持。

「蓮杖先生。」

滝野蓮杖正在動手整理玻璃櫃，替看似遊戲角色的模型更換姿勢，一聽見栞子小姐的聲音就回過頭來。

「哦，你們來啦。小瑠人在二樓，二〇一那間。」

只這麼說完，他就繼續回到手邊的工作。

「你們店裡還賣模型啊？」

聽見我的問題，滝野也沒有把手停下來。

「這是我的私人收藏，只是用來當作裝飾……其實我也想賣，只可惜人力不足。」

他遺憾地搖搖頭。看他的樣子似乎很忙，於是我們很快離開店裡，往公寓二樓去，按下二〇一室的門鈴後等著。

「他們除了經營書店之外，也出租房子嗎？」

我小聲對栞子小姐說。

「不是。這棟公寓是滝野叔叔……也就是蓮杖先生他們父親所有。這裡是辦公室兼倉庫，蓮杖先生他們住在隔壁那間。」

也就是屋主。副業是經營公寓嗎？——不對，也許經營公寓是本業，經營舊書店才是副業。

房門打了開來，一身褲裝套裝的滝野瑠探出頭來。她似乎剛從公司回來的樣子，連外套都還沒有脫掉。

「請進。客人已經到了。」

走過堆放成捆漫畫和電玩遊戲外箱的走廊，進入當作辦公室使用的客廳，身穿點點連身洋裝和開襟羊毛外套的年輕女性就坐在茶几另一側。大概是豐潤的臉頰和鮑伯頭短髮的關係，她的外表看來比聽說得更年輕。她離座站起，笨拙地行禮。

「你們好，我是真壁菜名子。請多指教。」

「您、您好……請多指教，敝姓、篠川……」

較年長的栞子小姐反應更笨拙。

「這位是我的好朋友篠川栞子。沒有其他什麼優點，不過與書有關的事情都可以儘管放心請教她。旁邊這位大個子是五浦大輔，在文現里亞古書堂打工，也是栞子的助手。」

滝野瑠流暢地對著困惑的真壁菜名子說明。我們圍著客廳茶几坐下，不管是要找人商量的或是接受諮詢的人，看來都很緊張，沒有人先開口。我只好打破僵局，說：

「不見的單行本是您父親的《怪醫黑傑克》嗎？」

「是的。上禮拜的連假，我打掃父親房間時，注意到陳列《怪醫黑傑克》的書櫃上空出兩、三本的空間。照理說那裡原本應該有幾本同一集的漫畫才對。」

面對問題時回答得很乾脆。看來她雖然個性內向，卻和栞子小姐截然不同。

「您說同一集……也就是集數有重複嗎？」

她想了一會兒後點頭。

「完全一樣的集數大概不見了兩本。」

同一集買了兩本還真是少見。買下來當備份嗎？

「據說父親在國中時代就買齊了整套的《怪醫黑傑克》。他老是說這套漫畫對他來說意義非比尋常，比什麼都還重要……他現在人在國外出差，不過下個禮拜就會回來。我希望能夠在那之前找到書。」

「是不是有人拿走了？」

她的表情陰鬱，視線落在茶几上。

「……是的。」

她似乎已經曉得犯人是誰了。她之所以找認識的人商量而不是報警，表示她不希望這件事情被公開。

「您的父親是手塚治虫的書迷嗎？」

琹子小姐終於開口。只要一談到書，她的引擎就會啟動。

「我想是十分狂熱的書迷。因為父親房間書櫃上擺的幾乎都是手塚治虫的漫畫，聽說以前還曾經加入書迷俱樂部。」

「您的父親在哪一年出生？」

「我想想，一九六……八年。」

琹子小姐不曉得為什麼滿意地點點頭。

「失蹤的是一般尺寸的漫畫，是嗎？……尺寸像那樣的。」

栞子小姐環顧四周後，用手指著看似庫存的成堆漫畫。可以看到最上面是在《JUMP》連載的漫畫《航海王》。

「是的。不過家裡的是舊書，看起來沒那麼新。」

「您的父親當然也有講談社出版的全集對吧？全套四百集……白底的書背上印著『手塚治虫漫畫全集』。」

「……我想應該有。不過我不確定有沒有四百集。」

「書名上有全集二字的只有這套嗎？有沒有文庫本大小的作品呢？」

「我想應該沒有。書櫃上幾乎沒有文庫本大小的漫畫。」

「有沒有硬殼單行本？《三個阿道夫》或《向陽之樹》等……尺寸是四六判，大概像這樣的大小。」

她以雙手比了一個四角形。委託人沉思了一會兒。

「印象中好像有……對，應該有。」

「有《怪醫黑傑克》的硬殼版嗎？《週刊少年冠軍》的過期雜誌呢？有沒有原創動畫錄影帶的盒裝限定版？」

她說話的速度變快，彷彿變成另一個人。開關已經完全打開了。

「我想這些應該都沒有……請問……？」

委託人似乎很困惑。這也是當然的，栞子小姐完全沒有問起書被偷的情況或可疑的嫌犯，只是不斷在確認她父親的藏書內容。

「原來如此……我明白了。」

「明白了什麼？我一點也不明白啊。」

滝野瑠立刻插嘴。我和真壁菜名子大概也是同樣的心情。

「請稍待片刻，我待會兒再解釋……真壁小姐。」

栞子小姐凝視委託人的雙眼。

「您剛才說您父親幾乎沒有文庫本尺寸的漫畫，對吧？但是，您父親是否買了幾本《怪醫黑傑克》的文庫版單行本呢？如果沒有，他手上的收藏也許只是便利商店賣的低價《怪醫黑傑克》選集。」

過了一會兒，真壁菜名子突然睜大雙眼。

「……經妳這麼一說，家裡確實有幾本《怪醫黑傑克》的文庫……我記得是和舊單行本擺在一起。」

「這樣啊。果然如此……被拿走的《怪醫黑傑克》是不是第四集呢？而且還是少年冠軍漫畫版的。」

「妳為什麼知道？我明明還沒提到……」

她突然放大說話的音量。我也完全看不出端倪。我明明比任何人見識過更多次栞子小姐解開書謎的樣子。

「這個嘛……我該從哪裡開始說明呢……」

栞子小姐想了一會兒，轉向她的朋友。

「小瑠，滝野書店裡有《怪醫黑傑克》單行本的庫存嗎？一種一本就好，我想要盡量多幾個種類的。」

「等我一下，我去問我哥。」

滝野瑠起身跑出客廳。

3

公寓的房門關上後，栞子小姐再度轉向真壁菜名子。

「您已經曉得是誰拿走書了吧？」

委託人動了動喉嚨，像是要暢通阻塞物。

「……我想大概是我弟。我們的母親五年前癌症過世後，家裡只剩下我們兩人，而且也沒有其他外人進出的樣子。」

「您和您弟弟談過這件事了嗎？」

「是的……他沒有否認犯行，我想就是他把書拿去藏起來了。我一問他，他就輕蔑地說：『妳根本不懂那本漫畫的價值，告訴妳也沒用！』」

原來如此。我也懂了。所以她才會找上看來懂書的滝野書店的女兒求救啊。

「他把書藏起來的動機……您有線索嗎？」

真壁菜名子咬著唇，過了一會兒才回答：

「我弟弟現在就讀高一。他考高中時身體不適，結果沒考上志願學校，在第二次會考時才勉強考進另一所高中。一方面也是因此受到打擊，再者好像是無法融入環境……所以漸漸就不去上學了。再加上他和父親也處不好。」

每間學校一定都有這種事吧。我高中時，班上也有第一次上課後就不和任何人說話、逐漸消失蹤影的同學。

「父親把慎也……呃，就是我弟，叫到自己的房間，狠狠斥責了他一頓。我不知道他說了什麼，不過似乎帶來反效果。弟弟變得幾乎不出家門，也不再和我說話……把書拿走，我想一定也和這一切有關係。」

為了惹父親生氣嗎？寶貝舊漫畫被拿走，不可能有哪個收藏家不生氣。但是，只拿走兩本也讓人不解，為什麼不全部拿走呢？

「所以您希望能夠在令尊回國之前，把藏書放回原處，並且希望兩人能夠和好。」

「……是的。」

她無力地點點頭。夾在父親和弟弟之間，心一定很痛吧。

此時玄關大門打開，滝野瑠回來了。她把抱回來的書重重攤在茶几上。

「我拿來了。大致選了同樣內容、不同版本的作品各一本。這樣可以嗎？」

茶几上共有兩本新書尺寸的漫畫、一本四六判的硬殼書、另一本是文庫尺寸。栞子小姐的唇邊綻放微笑。

「謝謝。不愧是小瑠，拿來的書剛剛好。」

我沒想到外型有這麼多種類，不過這些書和這次的委託又有什麼關係呢？既然請人特地拿來，一定有什麼意義才對。

（嗯？）

我不解地偏著頭。沒看到我以前在朋友家看過的單行本。

「除了這些之外，沒有其他《怪醫黑傑克》的單行本了嗎？尺寸和青年漫畫一樣大，黑底白色書名的……」

「那是講談社的《手塚治虫漫畫全集》版。在這裡的這些作品，全集裡當然也有收錄，不過這些是只收錄《怪醫黑傑克》的全一冊單行本。其他還有傑作集、選集等類型，種類可說應有盡有數都數不完。」

栞子小姐指著新書尺寸那一本的封面。《怪醫黑傑克》的標題底下印著「SHŌNEN CHAMPION COMICS」（少年冠軍漫畫）。封面上和其他幾本一樣印著主角的臉，不過設計倒是有點過時。

「這是最早發行的少年冠軍漫畫。第一集的初版在一九七四年五月發行，集數多達二十五本，紙質比當時的漫畫好……真壁小姐的父親持有的就是這種吧？」

委託人拿起書本確認。她翻面想看看背面時，我注意到書封下方寫著「恐怖漫畫」。手術場面的確很恐怖，原來以前將它分類為恐怖漫畫啊。

「我想沒錯……但是，有些地方不太一樣。像是背面的顏色……」

她邊說邊摸摸印著條碼的白色封底。

「書封上印有條碼，設計也變了。這是比較新的版本，以前的版本是藍底，中央有個帽子吉祥物。」

「……父親的書就是那樣沒錯。」

栞子小姐接過漫畫，繼續說：

「這個舊的冠軍漫畫版單行本大概是四十歲以上讀者最熟悉的版本。應該有不少人不買改版之後的版本。」

所以她剛才才會問對方有沒有硬殼版或文庫版嗎？她一定是想從對方的收藏傾向看出書主的秉性。

「咦？妳剛才說過她父親也有幾本文庫版對吧？」

我問。仔細想想這個「幾本」還真詭異。如果也想要文庫版的單行本，應該會全套買下才對。為什麼這部分的買書方式又不同了？

「是的，這就是重點，也跟這次事件有關……」

她豎起一根食指。

「您父親購買文庫本，大概是因為《怪醫黑傑克》……應該說手塚治虫的作品都有一個共通的原因，我將依序說明……事實上這些單行本的內容也各有微妙的差異。」

「不都是同樣漫畫內容的單行本嗎？」

「話是沒錯……不過，我想只要比較第一集的目錄，各位就能明白我的意思了。看看最早發行的冠軍漫畫版……」

她翻開目錄給我們看——〈第一回　醫生在哪裡〉、〈第二回　海上陌客〉、〈第三回　美雪與阿賓〉、〈第四回　過敏症〉、〈第五回　鳥人〉、〈第六回　海盜手〉、〈第七回　兩個

修二〉、〈第八回　鬼子母神的孩子〉。共八回。（註1）

「接下來出版的是這邊的硬殼版。第一集的初版是一九八七年四月，《怪醫黑傑克》結束連載，不過手塚還活著。文庫版是將硬殼版做成文庫本尺寸，所以這兩種的內容基本上一樣。」

其他三人湊近看著她翻開的目錄頁。〈醫生在哪裡〉、〈春光爛漫〉、〈畸形囊腫〉、〈人面瘡〉、〈有時候像珍珠〉、〈邂逅〉、〈畫快死了！〉、〈六等星〉、〈黑皇后〉、〈U-18全都知道〉、〈螞蟻之足〉、〈兩份愛情〉。這個版本的故事有十二回。

「啊，目錄完全不一樣。我讀過文庫版，不過這還是第一次知道兩者不一樣。」

滝野瑠也感動地來回比較兩種目錄。

「硬殼版的宗旨是收錄最佳故事，因此這邊的故事創作年代不統一。也因為一回就是一個故事，因此讀者並不會覺得不連貫。

兩種目錄的共通之處是第一篇的〈醫生在哪裡〉。這篇是在《週刊少年冠軍》上面連載的第一回故事。硬殼版的第三篇之所以擺上〈畸形囊腫〉，我想大概是因為這回提到重要的角色——助手皮諾可，考慮到整體的結構，所以把這篇挪到前面來。補充一點，這篇在雜誌上的連載是第

註1：標題之中文譯名，主要參考自「台灣東販」版本。

十二回。」

「哦，沒想到皮諾可這麼後面才出現。」

「是啊。因為這部作品原本預定短期連載幾回就要結束，沒想到變成長期連載，後來才出現這個角色，或許在連載剛開始的規劃中，並沒有皮諾可這號人物。」

「那麼，這邊的冠軍漫畫版，是按照雜誌上連載的順序吧？」

我問。冠軍漫畫版的目錄上沒有〈畸形囊腫〉這篇，表示第一集中沒有皮諾可吧？但是，栞子小姐搖頭。

「不對嗎？但這不是最早的單行本嗎？」

「這是手塚生前自己挑選的單行本作品。順序與雜誌連載時不同，對手塚來說是十分理所當然的情況。以前的冠軍漫畫中，也可看到作者自行取捨選擇的痕跡。」

她拿起另一本新書尺寸的漫畫。封面描繪的仍是怪醫黑傑克的上半身，不過設計上與剛才幾本截然不同。以漫畫來說，這個版本的頁數較多。

「這是二〇〇四年出版的新裝版少年冠軍漫畫。新裝版收錄的作品是按照雜誌連載順序，宗旨與最近出版的《手塚治虫文庫全集》版一樣。」

這次換我代為翻開目錄。〈第一回　醫生在哪裡〉、〈第二回　海上陌客〉、〈第三回　美雪與阿賓〉、〈第四回　過敏症〉、〈第五回　鳥人〉、〈第六回　雪夜怪談〉、〈第七回　海盜手〉、〈第八回　被封閉的記憶〉、〈第九回　兩個修二〉、〈第十回　鬼子母神的孩子〉、〈第十一回　狂鹿那達雷〉、〈第十二回　畸形囊腫〉。這本收錄了十二回的故事。與舊版漫畫一比，直到第五回之前都一樣，之後就有些許的差異。

「舊版的沒有收錄〈雪夜怪談〉和〈被封閉的記憶〉。這是怎麼回事？」

「這兩篇被收錄在後面的集數了。但是，特別是在手塚生前出版的漫畫中，也有未收錄進單行本的情況。」

「什麼意思？」

我問。栞子小姐繼續說：

「首先我要說的是，手塚治虫是一位會不斷干預自己作品的作者。每次出版單行本時，只要被認為有問題的地方，他就會把它改掉。」

「……不只改變刊登順序嗎？」

「沒有那麼簡單。除了台詞修正和漫畫修改之外，還經常發生許多頁面必須重畫的情況。例如：《火之鳥》的望鄉篇和太陽篇等，故事與雜誌連載時大大不同的作品也並不罕見。」

「為什麼要改到這種程度呢？」

「有時是因為原本的原稿不見，必須重畫，有些是因為連載中斷，後來出單行本時補畫，不過……最主要還是與創作者的心態有關係。

手塚治虫留下為數眾多的成績，也經常希望能夠獲得更多讀者認同，並且強烈希望自己無論在任何時代，都是不退流行的創作者。因此他會小心翼翼配合讀者的喜好，將雜誌連載作品出版成單行本時如此，舊作改版時也是如此。要挑選哪篇故事收錄在單行本之中，也是這個過程的其中一環。

我認為這種態度很好，但也由於一部作品有好幾個不同的版本，所以對於想要收集所有喜歡作品的書迷來說，反而變成一種困擾。」

呼——她喘了一口氣。這個人也有同樣的困擾嗎？這麼說來，她剛才說過：「手塚的作品如果只讀單一種類的單行本，仍然有許多不了解的地方。」這話指的就是這件事吧。

「當然，《怪醫黑傑克》出版單行本時，也曾經修改過台詞和漫畫。不僅如此，有部分作品沒能夠收錄在單行本之中。

這邊這些單行本收錄的故事類型，每一篇都巧妙地不同。光是收集其中一種單行本的話，無法收齊所有的故事。今後如果又推出『決定版』之類的單行本，收錄的故事又會不同吧……不過現在這時想要盡可能讀到最多作品的話，唯一的辦法只有買下其他類型的單行本及刊登該作品的《少年冠軍》雜誌，藉此補齊了。」

我終於明白她為什麼要不厭其煩地確認對方擁有的單行本種類，以及是否有雜誌的原因了。

「真壁小姐的父親，是以文庫版單行本補齊過去沒看的冠軍漫畫嗎？」

「我沒有實際看到藏書，所以只能臆測……不過我想應該就是這樣。」
「也就是說，他已經看完所有的《怪醫黑傑克》了吧。」
「不一定。儘管收藏到這個地步，還是不夠完整。有幾部作品沒有收錄在其中。」
「這樣啊？」
我問。還有什麼沒收錄？
「關於這部分有特殊背景，也和第四集被偷有關係……」
我們完全沉迷在她口齒清晰的說明中。為什麼她會知道被偷的是冠軍漫畫版第四集呢？——
接下來才是重頭戲。

4

「手塚治虫最為人所知的就是他擁有醫師執照，但事實上他幾乎不曾治療過病患。他的醫學知識也是以學生時代學到的內容為主，連載《怪醫黑傑克》時則是參考醫學書籍。
當然，故事中也曾有誤用醫學名詞及描寫錯誤的情況……一九七六年，第一五三回的〈某位導演的紀錄〉中，他認為前額葉切除術很正當，因此被認為有問題，遭到殘障團體的抗議。」

「前額葉切除術？」

我說。滝野瑠和真壁菜名子看來也不知道。

「也就是切除部分大腦，治療精神疾病的手術。第二次世界大戰結束後，各國均採行這種手術，但是這種手術伴隨嚴重的副作用，結果引起很大的問題。一方面是醫師的說明責任尚未確立，再者是人體實驗總會遭到嚴重非議。因此現在幾乎不做這項手術了，一般都不建議採用這種治療方式。」

「《怪醫黑傑克》裡頭出現了這種手術嗎？」

「沒有，書中出現了『前額葉切除術』一詞，不過漫畫畫的卻是其他手術。當時手塚似乎誤以為打開頭蓋骨、電擊刺激大腦的治療方式稱為『前額葉切除術』。

然而他對於前額葉切除術的問題和影響全無所知，就連該名稱的意思都誤會了。這樣不謹慎的做法，被認為很有問題。他出面公開道歉後，重新畫了治療其他怪病的故事，並將標題改成〈兩捲膠卷〉，收錄在單行本之中。」

「那篇我讀過，故事裡有個鬍子老爹對吧？」

聽到滝野瑠的話，琹子小姐點點頭。

「但這樣一來，遭到抗議的故事也就被收錄在其中了。那麼，哪些沒有收錄呢？」

我問。琹子小姐豎起兩根手指。

「第四十一回的〈植物人〉，以及第五十八回的〈快樂之座〉。故事的傾向雖然完全不同，不過一樣都曾出現利用大腦手術刺激意識或精神的劇情。當然這些治療方式都不是真正的前額葉切除術，但……手塚死後，原本沒有收錄的故事大多出了單行本，唯獨這兩篇被排除在外。」

「與遭到抗議有關嗎？」

「不能說毫無關係。不過，原因從作者死後到現在仍是個謎。唯一清楚的是作者本身認為這兩篇不該收錄在單行本中……也有其他作品和〈某位導演的紀錄〉一樣改病名重新畫過，但這兩篇作品卻沒有採用這種處置方式。」

栞子小姐拿起第一集舊冠軍漫畫版快速翻頁。空氣中可聞到一陣懷念的紙味。

「然而，有些熱情的書迷與作者的想法不同，只要是喜歡的作品都想全數看過。因此即使單行本沒有收錄，他們仍會想辦法將這些作品弄到手。」

她看向我的眼睛。

「這兩篇故事當中的〈植物人〉曾經被收錄在早期的單行本中……就是這本舊冠軍漫畫版的第四集裡頭。」

「第四集……也就是說一般人可以讀到嗎？」

「是的。初版是一九七五年三月發行，接下來的一、兩年間也確定市面上流通的版本收錄了〈植物人〉這篇。之後才改以其他篇章替換，繼續販賣第四集。也就是說，舊冠軍漫畫版的第四集有兩種……收錄了〈植物人〉的舊版現在市面上售價很高。真壁小姐的父親應該是兩種版本都擁有。」

（原來如此。）

我總算看出事情的來龍去脈了。意思是真壁菜名子的父親國中時已經擁有全套的《怪醫黑傑克》。當時的第四集裡頭應該已經沒有〈植物人〉這篇，事後他知道有未收錄的作品，才去舊書店或哪裡買來舊版——這就是第四集有兩本的原因。而也因為是價格昂貴的舊版書，因此成了小偷覬覦的目標。

話雖如此，光是聽到一點點情報就知道小偷的目的是第四集，栞子小姐實在不是普通人。她一定已經讀過所有《怪醫黑傑克》了吧，包括未收錄的作品也看過。

「真壁小姐的弟弟應該知道舊版第四集的價值吧。但是，為什麼特地將沒有收錄〈植物人〉那一本也拿走，這一點我就不清楚了……」

栞子小姐突然露出奇怪表情湊近看向委託人的臉。

「請問，真壁小姐……您怎麼了嗎？」

我也很在意真壁菜名子的反應。她從剛才一句話也沒說，現在反而好像吞吞吐吐想說些什麼的樣子。

「呃，有個東西從一開始就應該要讓您過目，但是剛才不小心就錯失了開口的機會……都怪我沒說明清楚。」

她十分歉疚地開口：

「從父親房間裡消失的《怪醫黑傑克》第四集……我想大概不只兩本。雖然我不是很有把握，不過好像有三本……」

不只是我和滝野瑠，連栞子小姐也不知所措。

「所以他一共擁有三本第四集嗎？」

「不，那個……」

「咦……」

她將擺在腳邊的白色包包拿到腿上，從裡頭拿出陳舊的新書尺寸漫畫。

所有人說不出話來。那本漫畫的封面描繪黑傑克的側臉和手術刀，那是舊冠軍漫畫版的《怪醫黑傑克》第四集——而且有兩本。其中一本包著石蠟紙。

「我想也許可以提供參考，所以帶過來……真的很抱歉。」

真壁菜名子鞠躬道歉。栞子小姐說了聲「失禮了」之後，陸續翻開兩本漫畫的版權頁。一本是昭和五十六（一九八一年）年三月發行的第四十九版，另一本是昭和五十七年（一九八二年）七月發行的第五十三版。兩個版本都沒有收錄〈植物人〉。

合上書，栞子小姐緩緩開口：

「……您的父親，總共擁有幾本第四集呢？」

「我想有五本。」

猶豫了一會兒後，委託人回答。

「不見的大概是其中的三本。」

「只有第四集有這麼多本嗎？」

她搖頭。

「不是……其他集數雖然沒有像第四集那麼多本，不過也都有重複。父親有好幾套《怪醫黑傑克》的單行本。」

5

夜深後，風勢逐漸變強。在門柱陰暗處拄著拐杖的栞子小姐稍微拉緊風衣外套的前襟。

「會冷嗎？」

我問。她搖頭。

「……不要緊。」

嘴上說著不要緊，聲音卻很黯然。

我和栞子小姐來到真壁家門前。這裡是靠近根岸線鐵路的住宅區，成排都是同樣設計的獨棟建築。最靠近的車站是洋光台，不過，也可以從港南台站的滝野書店徒步走到。

我們請真壁菜名子帶我們過來，因為栞子小姐希望看看她父親的藏書，她希望能夠親眼確認大量重複的《怪醫黑傑克》單行本。滝野瑠因為明天還要上班，所以沒有跟著一起來。

真壁菜名子表示父親的房間也許很亂，請我們等一下，說完就進入家裡。我想她是以此為藉口，要去看看弟弟的反應。因為儘管二樓窗戶的窗簾放下，但看得出從我們來時就一直亮著燈。

「我應該一開始就好好聽真壁小姐說話的。」

栞子小姐小聲說。

「如果不清楚哪些書分別擁有幾本，就不可能幫得上忙……我一不小心就只顧著聊書，實在太丟臉了。」

她從剛才就莫名低潮是因為這個緣故嗎？

「我覺得《怪醫黑傑克》的故事很有趣啊。我不曉得原來這套知名漫畫有這樣的背景。」

她的表情一下子亮了起來，又馬上恢復原狀，轉過臉去，好像在生什麼氣。

「請別對我這麼寬容……你的年紀明明比我小。」

「這和年紀有關係嗎？」

「只要大輔先生在場，即使有其他人在，一談到書的話題，我的話匣子就關不上……不對，我自己應該要注意到才行。但你每次總是聽得津津有味，我也因此很開……」

她說到這裡緘口不語。大概是感到難為情吧，她突然把頭轉向玄關處窺探內部情況。

「真、真壁小姐還沒好嗎？」

她轉移話題的方式真像小學生。我也假裝看向玄關，拚命忍住臉上的笑意。她願意和我說話，我也覺得很開心——即使與戀愛無關。

「栞子小姐即使沒有我陪同，也會接受這類委託嗎？」

滝野瑠的話一直留在我心裡，於是我不小心就開口問了這個問題，她臉上的表情瞬間像被海浪帶走一樣消失無蹤。我不曉得自己說錯什麼，只知道自己說了不該說的話。

「不，沒事。對不起……對了，有人會同一集漫畫買五本嗎？」

我硬是換了話題。說起來我也沒資格說別人轉移話題的方式，不過她還是順著我的話題繼續說下去。

「……書迷之中有些人會有特殊的堅持。《怪醫黑傑克》的舊冠軍漫畫版在市面上流通了幾十年，有些人也許是想確認不同時代的微妙裝訂差異吧……不管怎麼說，總會有個理由。」

玄關大門總算打開，真壁菜名子從燈光中探出頭來，對我們說：

「很抱歉，讓你們久等了，請進。」

她領著我們來到一樓的寬敞和室。她說這裡是父親的房間，不過看來原本是夫妻兩人的寢室。室內擺著老舊的化妝台和衣櫃，對側牆前擺著成排的書櫃。

「父親收集的所有手塚治虫作品，都在這個房間的書櫃上。」

不曉得栞子小姐聽進了多少真壁菜名子的說明，只見她的眼睛閃閃發光，一列一列地確認著書櫃。

書櫃上的書多數是手塚治虫的漫畫，最吸引目光的就是書背上印著《手塚治虫漫畫全集》的單行本。我不曉得這兒是否有四百集，不過光是那套單行本就幾乎佔滿一整個書櫃。還有《火之鳥》、《三個阿道夫》等硬殼書，不過多半都是新書尺寸或B6尺寸的漫畫。除了《怪醫黑傑克》之外，還有潮出版社的《佛陀》、講談社的《三眼神童》、SUNCOMICS的《原子小金剛》等也擺在方便拿取的位置上。

「主要是七十年代之後發表的作品呢。」

栞子小姐說。

「也有些老作品，那邊收集的單行本則不太在乎是不是舊版的……真壁小姐，不好意思，能夠借我一張椅子嗎？」

「啊，好的。」

真壁菜名子拿出化妝台的椅子。栞子小姐道謝後坐下，把拐杖擱在榻榻米上。她依序拿出排在眼前書櫃上的《怪醫黑傑克》，確認狀態和版權頁。的確每一集都有兩本，其中一本一定會包著石蠟紙。這麼說來，真壁菜名子帶來的第四集也是如此。大概是特別鍾愛吧。現場沒看到其他包著石蠟紙的漫畫。

「包著石蠟紙的漫畫是用來收藏的嗎？」

我問真壁菜名子。

「我也不是很確定……我從來沒有想過這個問題。從我懂事以來就一直是這樣，也不曾問過父親。」

將所有漫畫放回書櫃後，栞子小姐轉向我們。

「這裡這些幾乎都是昭和五十年代後期、一九八〇年代前期出版的版本……也就是真壁小姐的父親十幾歲時收集的書。」

意思就是他國中時就故意每集漫畫都買兩本了嗎？熱血書迷的確有可能這麼做。

「……但是，只有最後的第二十五集沒有重複。這裡是不是應該還有一本呢？」

栞子小姐指著冠軍漫畫第二十四集與標題是《BLACK JACK Treasure Book》的文庫中間夾著的第二十五集。那一集的確只有一本，而且沒有包上石蠟紙。

「我現在才注意到……那本第二十五集很珍貴嗎？」

「不，就我所知它還不至於有珍品的價值，因為發行的冊數相當多，而且現在也仍然很容易買到。」

「那麼，果然是慎也……」

真壁菜名子小聲說。感覺謎團反而愈來愈多了。除了拿走收錄了〈植物人〉的第四集之外，也拿走其他集漫畫的原因是什麼？

「哎呀？」

栞子小姐拉出塞在《怪醫黑傑克》那一層最邊邊的物品。那是一本書，是很薄的冊子，看來是會員俱樂部的會刊。看封面可知這一期是「Unico」特集，上面畫了一隻獨角獸，是一九八三年出版的刊物。

「原來這個角色叫做Unico啊。」

「是的。這是一九七〇年代後期開始在《三麗鷗雜誌》上連載，以小少女為對象的作品，那段時期還曾經出過動畫。」

栞子小姐翻閱會刊內容，裡頭出現一個粉紅色的信封，也是Unico的信封。

（他連這種周邊商品也收集啊？）

徵詢過真壁菜名子的同意後，栞子小姐開始確認信封的內容，不過裡頭空無一物。話說回來為什麼那兒會插著會刊，而且還只有一本？如果原本是會員俱樂部的會員，擁有會刊也很正常，但是——

「對了，真壁小姐，除了您的父親之外，您的家人還有其他人也看《怪醫黑傑克》嗎？」

「……我弟弟有看。我小時候曾經看過一點點，不過因為手術的畫面太恐怖……我比較喜歡《三眼神童》。」

「我也最喜歡那一套，十分有趣，對吧？」

栞子小姐微笑。

「請問，您過世的母親呢？」

真壁菜名子困惑地眨眨眼。

「家母她……這麼說來，我看過她看那些書。我不曉得她是否覺得有趣，不過她喜歡看書，卻不常發表自己的感想。」

「我想問個私人一點的問題……請問您的父母是怎麼認識的呢？」

她從剛剛開始就圍繞著真壁小姐母親的事情打轉，大概有什麼我們不明白的深遠意義吧。

「……聽說是父親寫信給母親。母親比父親小一歲，她當時還是國中生。」

「寫情書嗎？」

我忍不住反問。這種認識方式真普通。

「我想應該是這樣，不過細節我不確定……家母說過，剛開始他們只是以普通朋友身分當筆友。母親的老家就在這旁邊，父親當時則住在根岸……他們念的學校也不同，所以我不清楚父親究竟從哪裡認識母親。我問他，他也只是笑而已。」

從洋光台搭電車到根岸大約十分鐘的路程，如果曾經在途中見過面的話，似乎也很合理。

「他們在幾次書信往返之後逐漸親密，後來直接見面，進而開始交往……」

也許是談父母親相識的經過很令人難為情，真壁菜名子說得很籠統。

「交往幾年之後就結婚嗎？」

栞子小姐繼續問下去。

「是的……不過聽說外公似乎很反對他們交往，所以曾經爆發嚴重衝突。外公以前就是很嚴肅的人。母親在短大即將畢業之際，搬進了父親三坪大的公寓，幾乎等於離家出走。」

「這樣啊……真辛苦。」

栞子小姐以溫柔的語氣說。

「他們沒有說得很詳細，不過似乎吃過不少苦。父親甚至曾經考慮賣掉這裡這些漫畫，不過被母親阻止了……」

和室裡瀰漫著一股緬懷過往的氣氛。真壁菜名子像是回過神來了，開口快速繼續說：

「啊，沒事。情況沒有那麼嚴重。我出生時，母親已經和外公和好，現在大家感情都很好。外公和外婆對我們也很溫柔……甚至有點寵過頭。」

和好的契機大概是因為孫子誕生吧。失去女兒之後，現在他們把愛給了女兒的孩子們。

「謝謝您。」

栞子小姐拿著會刊，撿起拐杖站起身，該問的事情似乎已經問完了。我們雖然摸不著頭緒，不過她似乎已經解開謎團了。

「能不能讓我見見您的弟弟呢？」

真壁菜名子的視線看向下方。

「那個，我不知道他願不願意過來……剛才也在房門外對他說過話，不過沒有回應……」

「請告訴他我要談〈植物人〉的事，他應該會有興趣……我想盡快與他談談。」

6

一會兒之後，真壁慎也跟著姊姊一起過來。

這位少年穿著寬領長袖T恤和口袋工作褲，身形修長，看來神經質；過長的瀏海底下雙眼浮腫充血，明顯睡眠不足的模樣，大概是手上的電玩遊戲機所造成。注意到我的視線，他慢慢地把遊戲機收進口袋裡。

「我是篠川栞子，您好。」

栞子小姐稍微偏著頭問候。我姑且也跟著問候，但是對方只是沉默，雖然我早就料到了。

「這是我弟弟慎也。」

姊姊代為介紹。

「你們說有事，是什麼事？」

他以勉強可聽見的音量小聲問道，而且說話速度很快。栞子小姐絲毫不受影響，這是解開書謎時充滿自信的她。

「我在北鎌倉經營舊書店，接受令姊的委託，前來這裡找尋不見的《怪醫黑傑克》……拿走書的人，就是您吧？」

等了一會兒，沒有半個人開口。最後少年大大打了一個呵欠。

「……我的確對姊姊說過『告訴妳也沒用』，不過——」

他突然目光炯炯地瞪向姊姊。

「妳帶這些莫名其妙的傢伙來做什麼？那個混帳老頭的第四集漫畫，妳自己一個人找！」

姊姊的臉色變得鐵青。他平常一定不曾這樣怒吼吧。少年正準備離開房間。

「您拿走的果然只有第四集，也就是收錄了〈植物人〉的舊冠軍漫畫。」

手擺在拉門上的真壁慎也回過頭來。

「……是又怎樣？」

「果然沒錯。」

栞子小姐微笑。她露出不是這種場合該出現的開朗笑容，反而讓人感覺莫名可怕。她轉向我和委託人，說：

「咦？可是……」

「第二十五集不是不見了，而是這裡原本就只有一本。」

其他幾集都有重複，為什麼第二十五集沒有多買一本呢？在我發問之前，真壁慎也已經打開拉門。他似乎認為我們沒話要跟他說了。栞子小姐對著他的背影說：

「您以為那個第四集是您父親一個人的東西嗎？」

「……什麼意思？」

他轉過身面對我們。

「為什麼這裡大部分的《怪醫黑傑克》集數都重複了……答案很簡單，因為有一半是您母親的東西。」

我們愣在原地。她問起關於他們母親的事情，就是為了確認這一點嗎？——不對，剛才分明沒有提到他們的母親有收集《怪醫黑傑克》。

「妳少胡說八道了。」

少年面露凶光地說道。儘管如此，栞子小姐依舊不為所動地繼續說：

「在這裡的每一集《怪醫黑傑克》都只有一本包上石蠟紙，其他漫畫則沒有……表示這不是您父親的習慣。這些漫畫發行的時代，是您父母親國中時期，一定是他們兩人各自買下的東西。我想他們兩人應該都是手塚治虫，尤其是《怪醫黑傑克》的書迷……」

「我不是叫妳別胡說八道嗎！」

他揮手一敲拉門門框，發出的巨大聲響連本人也嚇了一跳。他的個性原本應該是和姊姊一樣穩重吧？會變得如此偏激，我覺得不太對勁，也許有什麼沒有公開的原因。

「既然妳這麼說，證據呢？拿出來啊！」

他走近栞子小姐一步，我也靠上前去保護她。剛才所說的一切的確都只是猜測，若是無法說服他，對方恐怕會失去冷靜。

「證據就是這個。」

栞子小姐將拿在手裡的會員俱樂部會刊遞給少年。就是那本一九八三年發行的會刊。

「請翻開後面的會員投稿欄，刊登在最後的投稿內容就是證據。」

少年不悅地翻開會刊，他姊姊和我也湊過去看。那個專欄的目的似乎是為了促進書迷彼此交流，上頭刊登著對於手塚作品的感想。最後面的投稿內容如下：

我是住在橫濱一角的國二生，也是「ＢＪ」的超超超級書迷。我終於收集完全套的單行本，現在每天瞞著父母閱讀著。最喜歡〈萎縮〉、〈人面瘡〉、〈化石少年〉等可怕疾病的故事！我是個性陰沉的孩子。歡迎嗜好相同的同輩讀者寫信給我！

這段令人背脊發麻的文章最後，寫著信件的收件地址。收件人是「相川美香」，地址是神奈川縣橫濱市磯子區洋光台——

「這是母親寫的沒錯……」

真壁菜名子說。我也終於明白了。「相川美香」在會員俱樂部的會刊上募集筆友，然後——

「您父親讀到這篇投稿，所以提筆寫信給您母親。夾在裡頭的Unico信封，應該是您母親的東西。依我在這個房間裡看到的，您父親應該沒有興趣收集這類周邊商品。這裡只收藏他熟悉且喜歡的單行本。而且《Unico》是女孩子看的作品，該作品連載時，您母親正好是小學生……」

房裡的確看不到其他角色的周邊商品。聽她解釋之後，就能夠了解原因了，但是眼睛看著同樣東西的我，卻完全沒看出她看到的那些。

「根據這篇投稿，還可以明白其他事情。」

栞子小姐伸出手，以手指畫著〈化石少年〉這幾個字。

「〈化石少年〉是代替〈植物人〉被收錄在第四集的作品。您的父母親在一九八三年相遇，當時新書書店能夠買到的，已經是改版後的版本了，因此在這個時間點，他們兩位很可能還沒有讀過〈植物人〉。

兩人開始交往後，從某處知道了還有未收錄的作品，因此各自從舊書店買來舊版的第四集……結婚時，您母親帶著漫畫一起嫁過來，所以才會出現漫畫重複的情況。」

我思考著。意思也就是夫妻兩人各自擁有收錄〈植物人〉的版本及未收錄的版本。光是這樣的話，第四集就有四本了。

「可是，為什麼只有《怪醫黑傑克》重複呢？他們既然是加入會員俱樂部的會員，應該會收集其他作品的單行本吧？」

「我想大概是空間的關係。」

「啊！」我驚叫。這麼說來，真壁菜名子說過——兩人曾經一同住在三坪大的公寓房間裡。丈夫也擁有數量驚人的漫畫，因此不可能就這樣隨便增加書量，所以母親只帶來最寶貝的《怪醫黑傑克》，兩人共同度過艱困的時期。

「但是，第二十五集沒有重複，為什麼？」

「我簡單說明這一點。舊冠軍漫畫版的最後一集……也就是第二十五集初版發行是在一九九五年。距離上一本第二十四集發行的時間超過十年以上，而且是手塚過世的五年多後。」

「……居然隔了這麼久？」

「是的。事實上，第二十五集的內容包括了過去不曾收錄的作品。出版社原本預定舊冠軍漫畫版出到第二十四集就結束，因為手塚自己挑選的作品全都收錄在內了。不過，就像我剛才說過的，還有許多作品未被收錄。第二十五集的發行就是回應希望看到那些作品的書迷們要求。也就是說，真壁小姐的父母親結婚時，舊冠軍漫畫版只出到第二十四集。」

栞子小姐環視成排擺放的手塚治虫單行本。

「《怪醫黑傑克》雖然重複，但其他漫畫不是如此，我想應該是婚後兩人協議共同擁有藏書，同一本書不再特地買兩本的緣故。因此第二十五集發行當時，才會只買了一本收藏。」

在場沒有半個人開口說話，大概沒有人有異議吧。我對於她一如往常清楚的說明咋舌。為什麼只是稍微看看書櫃，就能夠知道這麼多？

「慎也先生，您與您父親之間發生過什麼事情，我不清楚，不過，在這裡的第四集的其中兩本，是您母親的遺物，而您的父親一直守護著它……不管有什麼原因，您將它們從這裡拿走的行為，都無法視為正當。」

真壁慎也低著頭緊咬牙根，他在反省自己的行為——當然不是。少年再度抬起頭時，嘴角貼著一抹笑容。

「老頭他『守護我媽的漫畫』這句話妳是說真的嗎？對於另一本的事情，妳根本什麼也不知道不是嗎？」

「……什麼意思？」

「這個家裡原本有五本第四集。妳剛剛的說明只提到四本，對吧？」

這麼說來，被偷走的第四集有三本。除了夫妻兩人各自買的兩本，應該還有一本才對。

「老頭其實是什麼樣的人，只有我知道。姊姊也不知道……那個老頭根本不在乎我們這些家人，他在乎的只有髒兮兮的漫畫。」

「慎也……你在說什麼？」

真壁菜名子的聲音中充滿著不安。少年以陰暗的眼神看向姊姊。

「媽媽過世那天的事，妳還記得吧？因為她的病情突然惡化，老頭開車去學校接我。當時姊姊人已經在醫院等待了……結果，我們沒能夠趕上。」

他的表情突然扭曲。

「都怪老頭那傢伙途中跑進路過的舊書店。他特地把車停下，我問他怎麼回事，他說：『那家店或許有賣第四集的初版書。』媽媽當時都病危了，那傢伙居然叫我待在車上，下車去買《怪醫黑傑克》的第四集？整本書又髒又破，不過的確是初版書。

我們抵達醫院時，媽媽已經腦死了。如果他當時沒有下車去買書，我們或許還有機會和媽媽說上一句話，不是嗎！」

姊姊鐵青著一張臉站在原地不動，好不容易開口：

「但、但是……當時，醫生早就宣布媽媽不會恢復意識了啊。爸爸也許是為了激勵媽媽，才去店裡找那本充滿回憶的書……」

少年冷笑，打斷姊姊的話。

「妳的腦袋只有這種程度嗎？從我就讀的小學到醫院的途中，會經過我們家前面吧？真的想要激勵媽媽的話，應該從家裡拿書就好，家裡也有充滿回憶的書啊……不管他表面上裝出什麼好人樣，到了這種時候，就會露出本性。」

我無法全然相信他的話，但也想不到能夠反駁的內容。的確，跑去路過的舊書店買書想要激勵妻子，實在說不過去。

「……哪邊的舊書店？」

栞子小姐問。

「往國道一直走，磯子海濱市場的前面一點，大概在公車站牌旁邊吧，有個叫什麼書房的招牌，我不記得確切的店名了。當時那家店正好在倒閉大拍賣，可能是因為這樣，老頭才想進去逛逛吧……就在媽媽也許會死掉的時候。」

他的唇邊揚起諷刺的笑容。栞子小姐握拳抵著嘴邊陷入沉思，看樣子有讓她在意的地方。

「我當時只是個孩子，不明白是什麼意思，而老頭也一副不曾做過這種事的表情……我一直把這件事放在心上，只是沒說。

但是，打從我不上學之後，那老頭就開始說教說個沒完沒了。說什麼人類在每個時期都有必須去做的事情，沒有時間隨處閒晃。」

他的聲音有些顫抖，嘴邊發出類似打噴嚏般的笑聲。

「於是我問了他，五年前，媽媽臨終前這麼重要的時刻，他閒晃去舊書店，這又算什麼？」

「……爸他怎麼回答？」

真壁菜名子戰戰兢兢地問。

「他什麼也沒說，就像石頭一樣僵在原地，不解釋就是心裡有愧吧。所以我做了和他一樣的事回敬他，反正只要是去舊書店閒晃，要怎麼樣都可以。」

栞子小姐愣了一下抬起頭，眼鏡後頭的雙眸醞釀著寧靜的怒意。

「您剛才說『這個家裡原本有五本第四集』，是嗎？」

「是又怎樣？」

「也就是說，這個家裡已經沒有五本了……您拿去舊書店賣掉了嗎？」

「慎也，你做了什麼？」

真壁菜名子的聲音首次流露慌亂。但是，弟弟只是面露冷笑，從口袋裡拿出遊戲機，瞧不起人地晃了晃。

「我在網路上看到第四集被評為高價品，沒想到賣掉的價格卻很便宜，賣書錢只夠我買一個二手遊戲就用完了。」

我回想著真壁慎也說過的話——妳根本不懂那本漫畫的價值，告訴妳也沒用！

這句話指的是第五本的第四集吧。而他說這話時，肯定已經把書拿去舊書店賣掉了。

「……您賣給哪一家舊書店？」

栞子小姐以尖銳的聲音問。他沒有回答，只是轉開視線而已。

（情況不妙了。）

舊書店應該已經買去四、五天了，如果已經被哪位客人買走，就收不回來了。必須盡快讓這位少年開口，但我不認為他會老實招供。

「……就算您不說，我還是能夠查出賣到哪裡去了。」

「真的嗎？」

聽到栞子小姐自信滿滿的這番話，我忍不住反問。

「是的……慎也先生，您還未滿十八歲。為了避免客人販賣贓物，現在大部分店家幾乎都會要求附上監護人親筆簽名的同意書才是。但您又不能拜託令尊或菜名子小姐……所以，您應該是找了住在附近的外公他們吧？」

真壁慎也嘴邊的笑意消失，看來是說對了。

「當然我不清楚實際情況，不過您應該是假裝要賣自己的書，請他們幫您簽名……如果您繼續保持緘默，我們只有找您外公他們確認了。被捲進這件事的人變多，這樣您也無所謂嗎？」

一陣漫長的沉默之後，少年終於無力地啐了一聲，垂下拿著遊戲機的手。

「是港南台的店，滝野書店。」

我們不禁懷疑自己聽錯了。

7

三十分鐘後，我們再度回到滝野書店的辦公室裡。

「你們一開始就先問過我的話，不就可以省去這些來來去去的時間了嗎？」

穿著圍裙的滝野蓮杖一臉莫可奈何地說。

栞子小姐、我、滝野兄妹和真壁菜名子圍繞的茶几上，擺著兩本《怪醫黑傑克》第四集，其中一本包著石蠟紙。

「是我阻止他們問你的，沒想到哥在這種時候會派上用場嘛！真是對不起你們三位。」

滝野瑠尷尬道歉。她已經換下套裝，換上家居運動服，臉上的妝也卸掉了，樣子看來與剛才完全不同，這個邋遢的模樣看來像是要去種田。這個打扮也挺適合她的。

「不，是我的考慮不夠周全。」

焦急回應的人是栞子小姐。

「這些書本來就有可能被賣掉，而且這一帶幾乎沒有經手舊漫畫的店……我應該先向蓮杖先生確認的。」

「總之，幸好還沒有被賣掉。最近這陣子忙到來不及將貨品上架也算是萬幸。然後呢，你們在找的真的是這個嗎？」

眾人的視線一齊望向漫畫。真壁菜名子吞吞吐吐地開口：

「是的，我想就是這些……但是，是不是還有一本呢？」

我也注意到了這一點。茶几上的第四集《怪醫黑傑克》只有兩本，兩本的狀態都很不錯，但是卻沒看見五年前購買的那本破爛初版書。

「本來還有一本，不過好像無法估價，因為狀態實在太差了。」

「估價的人不是滝野先生嗎？」

我問。他搖頭。

「估價的人是我沒錯，不過我沒有直接看到書。那位弟弟來的時候，我正好去到府收購，打工的店員打電話給我，因為店裡沒有人能夠進行估價，本來希望對方暫時把書留下，不過因為對方要賣的書冊數不多，所以我透過電話下指導棋進行收購。」

栞子小姐一邊聽著，一邊翻閱那兩本第四集。我從她背後看過去，兩本似乎都有收錄〈植物人〉。沒有包石蠟紙的那本版權頁上寫著昭和五十年（一九七五年）十二月發行的第十版，包著石蠟紙的那本寫著昭和五十一年（一九七六年）十二月發行的第十六版。順帶補充一點，初版是昭和五十年三月發行——才一年半的時間就加印了十五次，可見當時有多麼受歡迎。

將書恢復原狀後，她開口：

「無法標價的第四集怎麼了呢？」

「客人好像帶回去了，後來怎麼樣我不清楚。」

也就是說目前仍舊不清楚第五本的去向。滝野拉開椅子站起來。

「店裡現在只有打工店員在，我得回去了。如果還有事要問，隨時和我聯絡。」

說完，就離開房間出去了。

「他到底把最後一本怎麼了呢？」

真壁菜名子雙手擺在腿上，注視著第四集的《怪醫黑傑克》。從她弟弟的態度看來，很難想像他會把那本書小心翼翼地帶回家，很可能已經隨手丟在哪裡了。

「慎也先生有沒有可能離開滝野書店後，順道去了哪裡，或者是和誰碰面呢？」

栞子小姐這麼問。委託人想了一會兒。

「他現在應該沒有會碰面的朋友，也沒有什麼會去的地方……啊，也許回程去了一趟家母的老家。那天他把外婆做的咖哩連鍋子一起帶回來了。」

「如果是這樣的話，您的外婆或許知道些什麼。能否安排我們見面呢？當然我不會提到慎也先生把書拿走的事。」

「謝謝……請您務必幫忙了。」

也許是低著頭的關係，真壁菜名子的眼睛顯得很沒光彩，看起來比剛才在這間辦公室裡談話時更疲憊了。

「真壁小姐，怎麼了嗎？」

「沒有，那個……我在想，五年前父親為什麼要在前往醫院的途中跑去買書呢？」

這一點我也很好奇。真壁慎也說，父親為了買第四集的初版書而跑去書店。如果這是真的，的確教人無法認同。明知道妻子病情惡化了，而且家裡已經有兩本收錄〈植物人〉的版本了，照理說沒有必要特地再買一本。

「您沒有問過令尊吧？」

「是的。不過，事實上那天，我問過父親發生什麼事了，因為他們抵達醫院的時間比預期的晚。父親一句話也沒有回答。我原本以為大概是母親剛斷氣，他沒有力氣回答……」

她說得含糊，看樣子質疑已經在她心中發芽。就像真壁慎也說的，他的父親隱瞞事實不說，或許是因為心中有愧。

「母親過世之後，父親變得不太笑，對我和弟弟也變得嚴格……當時還是小學生的弟弟想必很困惑，不過他還是很認真念書。他原本個性溫順，不會說那種過分的話……」

她小聲繼續說，像在說給自己聽。被弟弟的發言傷得最深的人應該是她。

「也許部分原因是他升學考試考壞後，與國中朋友漸漸疏遠。許多上同一家補習班的同學都考上了第一志願的學校，所以也有點看不起沒考上的弟弟。」

考試成績優秀的人無法了解考不好的人的心情，這一點也適用於真壁慎也自己的情況。

「我國中、高中念的都是同一所學校，即使升學了也還有朋友在。而弟弟他在那一年頓失自己的容身之處，光是想像就……老實說，我無法責備弟弟。置身於那種狀況下，再加上對父親的不信任，如果是我，或許也會做出相同的事……」

「並不是所有人考試考不好都會偷走父母親的藏書。就算去了想去的學校，也並不保證一切順利。這些是兩回事。」

我反駁道。仔細想想，這裡的三人都是念同一所女校，當中只有我一個有考高中的經驗。

「欸，說的也是。」

滝野瑠也點頭。

「這裡就有一個在我們學校人際關係不好的人，她跟班上同學完全無法成為朋友。」

滝野瑠以食指指著栞子小姐，被指的人難為情地閉上眼睛。我心想，她的朋友果然不多。但是真壁菜名子的反應卻不一樣。

「咦，是這樣嗎？學姊懂那麼多事情，而且說的內容也很有趣……」

「一開始大家都是這樣想啊。但是，她真的只談自己看過的書，而且內容對於國中、高中生來說又太冷門。真壁小姐妳有自信每天被迫聽這些事情嗎？」

一陣沉默。看樣子她也沒有自信。滝野瑠別具深意地偷看我的表情，這番話是在委婉地冷嘲熱諷總是聽她聊書的我吧。我無法保持沉默。

「既然這樣，滝野小姐又是為什麼呢？妳和栞子小姐認識很久了吧。」

「我？只要聽到書的話題，我有七成都左耳進、右耳出啊。即使我不懂書，我也懂栞子的好，因為我最喜歡她了。」

她毫不害臊地笑著說。其他在場女士全都滿臉通紅——如果她以前就是這種個性，在女校一定相當受歡迎。

「……如果他能夠在現在的學校裡交到一個朋友，我想應該會有所改變。」

栞子小姐的話裡充滿她的個人經驗。滝野瑠的存在或許一部分也拯救了她，我真想看看她們兩人在同一所學校時的樣子。

「只有一個朋友也很困擾。因為她沒有其他朋友，所以我就被她拖去舊書店之旅。根本不會有人喜歡這種活動，對吧？」

滝野瑠一臉認真地把話題丟給我，她知道我和栞子小姐一起去了舊書店之旅。滝野兄妹都有喜歡虧人的毛病。老實說，我希望他們別這樣。

「……提到舊書店之旅——」

栞子小姐轉換話題。

「小瑠，磯子海濱市場的旁邊，有沒有一家專門經手舊版漫畫的舊書店呢？好像在五年前關門大吉了……」

「磯子啊……那兒我跟妳去了很多次呢。」

滝野瑠雙臂交抱安靜了一會兒，最後嘆氣。

「我沒有印象耶。如果這一帶有和我們店裡經手同類書籍的舊書店，我應該會有印象。」

她們似乎是在討論真壁慎也剛才提到的舊書店。這麼說來，栞子小姐的表情很奇怪。

「說的也是……縣內的舊書店我明明全都去過了。」

她理所當然地說出驚人的事實，不過現在不是追究的時候。

「我一點線索也沒有……還以為小瑠也許知道呢。」

「有沒有可能是沒有加入舊書商會、專門透過網拍做生意的店呢？因為他們的經營方式低調，所以我們不知道？」

「聽說那家店前面有招牌，應該也有做實體店面的生意才是……」

她們兩人緘口。這附近怎麼可能有這兩個在舊書店出生長大的女孩不知道的舊書店？

「會不會是我弟撒謊呢？」

真壁菜名子低聲說。「不是。」栞子小姐乾脆否定。

「那個場合應該沒有必要撒謊。而且他對位置的描述也很具體，那家舊書店的確存在。」

「但如果是這樣……」

她語帶含糊，沒有把話說完，接著沉默了一陣子。

「我想在那家舊書店裡應該曾經有過什麼事……一定也和您父親購買第五本的第四集有著息息相關的原因。」

栞子小姐說。

「如果能夠多了解一些關於這段事情的細節……」

看來五年前他們順道去的那家舊書店成了一切的關鍵。但是，沒有半個人知道答案。

8

下一個休假日的午後，栞子小姐和我再度來到洋光台。

委託人告訴我們的地址是一棟懷舊風格瓦片屋頂的透天厝，這裡是真壁姊弟母親的娘家。我們抵達時，門口正好停著一部休旅車，一位高齡男性坐著輪椅直接進入車內。車身上寫著日間照護中心的名稱。

坐輪椅的男人大概是真壁菜名子的外公，他似乎正要去照護中心，懷中緊抱著包著石蠟紙的硬殼書，八成打算在照護中心閱讀。

目送休旅車離開的是一位駝背的年老女性。

她正要進門時，注意到站在馬路對面的我們。

「您、您好……您是相川女士吧？」

栞子小姐以拐杖支撐身體，行禮說道。

「我、是這附近舊書店的人，我叫篠川……」

對方驚訝地回禮。

雖然真壁菜名子事前已經聯絡過了，不過我們很擔心對方會對我們起戒心，沒想到我們的擔心完全多餘，對方馬上就請我們進屋裡去。

一問之下才知道這位女士也是聖櫻女學園的校友，是比栞子小姐大很多屆的學姊。或許是這個淵源，她很快就接納了我們，笑著要我們叫她波江女士。即使畢業後，校友彼此仍以名字相稱，似乎是聖櫻自古以來的傳統。

她看起來就是受過良好教育的千金小姐，氣質優雅又穩重。

「那麼，妳和菜名子是社團活動認識的吧？」

我們被領到一間有壁龕、看來像是客房的和室裡，隔著矮桌子與她面對面坐著。

「是、是的……她還是國中部時……從、從那時起，我有時也會去她家裡叨擾……」

我因為栞子小姐這番結結巴巴的鬼話連篇而手心冒汗。她努力面對這位第一次見面的對象，卻因為語氣的關係，增加了可疑性。

「然後……前陣子去玩時……慎、慎也表示想賣掉自己的藏書，我請他務必拿到我們店裡來。於是他拿了幾本舊漫畫過來。」

一說到「書」這個字，栞子小姐突然像是變了個人，變得口齒伶俐。我偷偷喘了一口氣表示安心。開關突然打開雖然奇怪，但總比剛才的反應好一點。

「嗯嗯，所以他拿了同意書過來請我們簽名。」

「是的，我們收到了，不好意思麻煩您了……當時，我把無法收購的書退還給慎也，但因為我們的疏忽，錯拿另一本漫畫，今早才急忙打電話，可是慎也不在家，也聯絡不上……」

這是今天的謊言之中最危險的一段話。事實上，真壁慎也人正在自己家裡。如果對方打電話確認的話，一切布局就泡湯了。但相川波江只是皺著眉頭表示同情。

「我們必須找回那本漫畫，送還給其他客人。我已經請菜名子小姐幫忙找過慎也的房間了，不過似乎沒有找到。我們走投無路，只好來這裡請教您……造成您的困擾實在非常抱歉。」

栞子小姐鞠躬道歉。我在她旁邊也擺出同樣的動作，同時抬眼觀察對方的反應。

「……是那本嗎？」

相川波江說道。栞子小姐抬起頭。

「您知道嗎？」

「是的。他到這兒來時，說那是不需要的東西，就丟進垃圾桶裡了。」

我們屏住呼吸。從那之後已經過了一個禮拜，那本漫畫很可能已經不在這個家裡了——

「稍等我一下。」

她雖然已經上了年紀，卻依然身輕如燕地起身，離開和室。不一會兒回來，在矮桌上擺了一本舊漫畫。

我放鬆了緊繃的肩膀。那是冠軍漫畫版的《怪醫黑傑克》第四集，封面上印著「手塚治虫漫畫家生活三十週年紀念作品」。

「我從垃圾桶裡撿起來了。」

書況如之前聽到的，很糟糕。封面上包覆著一層厚厚的透明塑膠套，但是塑膠套已經變黃收縮。就連原本的封面也變成波浪狀，而且有摺痕。

「……請讓我看看。」

栞子小姐拿起書開始翻閱。書口處很黑，頁面也有破損。仔細看頁面上被稱為「喉」的地方，也就是靠近書背的地方曾經以線補強，這是為了避免散頁吧。這本書到底被看過多少次呢？居然破爛成這樣。

最後一頁的版權頁上寫著昭和五十年三月的初版，價格標籤上寫著「鶉書房」的店名，地址是神奈川縣橫濱市磯子區久木町。地點就是真壁慎也所說的地方。

（咦……？）

看到價格，我瞠目結舌，居然只要六十日圓。原本好像是另一個價格，不過被粗筆塗掉了。即使書況再差，這也未免太便宜了。

價格標籤上還有其他吸引我注意的地方。大片留白處寫滿了用鉛筆寫的小小正字，最後寫到沒有空間了，還寫到價格標籤之外的地方。這到底是什麼？

我很想問栞子小姐，但是在相川波江面前也只能沉默。我們是在找「店裡原本就有的書」，如果問話內容像是我們第一次看到這本書，情況就不合理了。

欸，細節可以回頭再問。總之，第五本的第四集平安無事收回來了。雖說這本書看不出有必要在妻子病危時特地停車去買。

「謝謝您，就是這本沒錯。但是，您為什麼特地把書撿起來收著呢？」

栞子小姐問。她的確說過是從垃圾桶裡撿回來的。

「因為我女兒曾經很寶貝這套漫畫的第四集……好像是很珍貴的東西。」

她居然知道？相川波江一直凝視著栞子小姐的眼睛深處。

「慎也，一定做了什麼吧。」

這句話甚至不是疑問句。栞子小姐的臉色大變，看樣子波江女士並非只是個普通的穩重老婦人而已。

「我沒有聽說過他有這麼久遠的漫畫，所以有點好奇。這一定不是他的東西吧。」

她幾乎已經察覺真相了。栞子小姐靜靜合上第四集。

「很抱歉，詳情不應該由我開口告訴您……我只是接受委託希望找回這本書而已。」

「沒關係，我應該自己去問。畢竟是我們把孫子寵壞了……我們對女兒明明很嚴厲的。」

充滿皺紋的嘴邊輕顫著。

「您提到女兒相當寶貝這套漫畫，請問是什麼時候的事情？」

「國中時。是亮太先生……那個時候她叫他真壁先生，送她的禮物。聽說是費了一番功夫才弄到手的禮物，我還要她讓我看看……不過因為我不看漫畫，所以不清楚價值。」

「真壁先生……菜名子小姐的父親，也擁有同樣的漫畫。」

「哎呀，他一直保存著嗎？女兒也送了亮太先生同樣的漫畫當作回禮。她跑遍全橫濱的舊書店……他們兩人從小感情就很好。」

我感覺到一塊重物壓上胸口。原來那兩本第四集並非各自收集來的東西，而是同樣身為手塚書迷的他們，互相送給彼此的禮物。對於夫妻來說，真的有相當重要的意義。

或許這本第四集的初版書也隱藏著什麼深遠的意義，很難想像只是因為想要初版書而買下。

「栞子小姐，是嗎？妳和我女兒……和美香見過面嗎？」

相川波江問道。她似乎沒有懷疑栞子小姐是孫女的學姊這件事。

「很可惜……我們不曾見過，但我聽說她喜歡手塚治虫的漫畫。也因為這個關係，她才會認識真壁先生，是嗎？」

「是的。」

相川波江的表情突然變得開朗，聲音也變年輕了。

「她加入會員俱樂部，零用錢全用來買漫畫……當時我經常罵她，但她完全聽不進耳裡。亮太先生也是那個會員俱樂部的會員，他們一直用畫著漫畫的明信片往來……對了，前陣子我找到了其中一張呢，我去拿過來。」

我們還來不及阻止，她已經快步走出房間。再度出現時，手上拿著一張老舊的明信片。

「這張夾在客廳的書裡，所以能夠保存到現在。」

栞子小姐接過明信片。收件人是相川美香，寄件人是真壁亮太。以國、高中生來說，字跡很工整。郵戳是昭和五十八年（一九八三年）七月二十日，是暑假前夕。

翻到背面，中間大大畫著類似豬的角色，我想這個角色在手塚治虫漫畫中經常出現。但是筆觸莫名寫實，看起來就像是素描，插圖周圍則有文字環繞著。

我畫了妳想要的寫實版葫蘆豬。然後，收錄那篇「S」的第四集，我在前陣子電話上說過的磯子那家店裡找到了。稍微站著看了一下，確認是初版沒錯。下個禮拜一起去吧。

我不解地偏頭。「S」應該是指〈植物人〉沒錯。這麼一來，磯子那家店是指賣出這本第四集的鶉書房嗎？如果是這樣，那麼五年前，真壁姊弟的父親前往這家店，是為了買下當時站著看過的初版書——

（……怎麼可能？）

這已經是將近三十年前的事了。這本第四集不可能從那之後的二十多年來一直擺在書櫃上。再說，既然有賣初版書，他們兩人為什麼不買那一本？他們互相贈送給彼此的都是再版書。

「真是美好的信。」

栞子小姐微笑。

「沒有其他的了嗎？」

相川波江的臉色瞬間暗下來，像是在整理心情。她指節分明的雙手交疊在矮桌上，指甲剪得很漂亮。

「……都被我丈夫丟掉了。女兒離家出走後，他把那孩子一直很寶貝的手塚治虫漫畫、文具，甚至連這類明信片……一切有漫畫的東西全都丟了。」

「怎麼……居然做出這種事。」

栞子小姐驚嘆後開口道歉。

「沒關係……我丈夫原本就反對他們兩人交往，一直希望女兒嫁給自己選擇的男人。當時他真的嚴厲又固執，所以遭到女兒背叛的感受也很強烈。因此，除了女兒從家裡帶走的東西之外，我們家裡不剩半件女兒收集的東西。」

我想起重複的《怪醫黑傑克》漫畫。那些是僅存的收藏。

「我雖然不像我丈夫，不過我也很固執，是個老派的人。學生時代要和誰交往沒關係，但我真心希望她能夠嫁給家世背景好的人……因此，丈夫丟掉女兒東西時，我也沒有強力阻止。」

老婦人的喉嚨微微動了動。

「她離開時，我瞞著丈夫偷偷買了化妝台和衣櫥給她。至少也要有點嫁妝……我也想盡盡身為母親的義務。但是，我其實並沒有替她著想。他們兩人剛開始住的公寓很狹窄，為了擺進家具，她只得留下寶貝漫畫離開。」

她像是發了燒在胡言亂語一樣繼續說著，低沉的聲音裡充滿著無法抑制的情感。

「現在半夜醒來時，我仍然會想到，那個時候我為什麼不買書櫃給她呢……很愚蠢的煩惱吧？但如果我買了書櫃的話，她最寶貝的東西就不會不見了……」

她說到這裡語塞，按住眼角。她一定至今不曾告訴過其他家人這些話，一直藏在心裡吧。因為這個小小契機而讓她有機會說出口。

「……波江女士。」

栞子小姐等對方冷靜下來後，開口說：

「化妝台和衣櫥，現在也仍在真壁先生家裡被珍惜著，帶著與失去的書不一樣的意義。分離時，從父母親手上得到的東西，對孩子來說總有特殊的意義。」

我明白她在說自己。她曾經放手失蹤的母親留下的坂口三千代《Cracra日記》，後來又盡全力拚命地想要找回來。

「重要的東西被我們丟掉，女兒沒有生氣。亮太先生也將一切視為過往雲煙。我丈夫的身心狀況不佳，與女兒夫婦之間曾經發生什麼事，他也記不清楚了……但是，我全部都記得。」

她坐直身體，與栞子小姐四目交會。臉上已經找不到眼淚的痕跡。

「早知道要重修舊好，當初就不應該爭執。我們與她曾有三年時間沒有來往……那段時間全浪費了。時間明明那麼有限卻沒有人發現……我將永遠記住這件事。」

好一陣子，我們只是沉默傾聽，咀嚼她這番話的意思。最後，栞子小姐靜靜低頭鞠躬。

「謝謝您告訴我們這些事……我們差不多該離開了。」

她拿著書，拄著拐杖緩緩站起身。

「接下來該怎麼辦？」

來到走廊上，我小聲問栞子小姐。

「我們去見真壁小姐……菜名子小姐他們。因為在這裡聽到的事情，我已經知道答案了。」

9

抵達真壁家已經接近傍晚時分。我們等了很久，終於等到姊姊從大學回來。

與上次不同，我們被帶領到了客廳，從二樓現身的真壁慎也還是一樣一臉不悅，不過他姑且也在沙發上坐下。

栞子小姐把從相川家拿回來的《怪醫黑傑克》第四集擺在玻璃茶几上，慎也的臉便越發皺緊並啐了一聲。

「……我本來已經丟掉了。」

「您的外婆撿起來了。請別再做這種事。這本第四集初版書不只是對您的父親很重要，也是您母親很珍惜的一本書。」

「想唬誰啊？這本髒漫畫明明是老頭自己跑去買的。」

「不對。三十年前，您的父母還十幾歲時，他們曾經一起讀過這本書。在這本初版書上確認過〈植物人〉的內容後，兩人才互相送給對方舊版的第四集。」

她從包包裡拿出一張明信片，擺在漫畫書旁邊。那是離開相川家時，她向他們姊弟的外婆借來的東西。

「這是令尊當年寄給令堂的明信片。請看。」

她將畫著那個寫實葫蘆豬的背面翻到正面來，姊弟兩人同時向前探出身子。

「家父寫過這種明信片……我都不曉得。」

真壁菜名子圓睜著雙眼。但是最關鍵的弟弟一下就失去興趣，肩膀重重靠回沙發椅背上。

「這能當成什麼證據？明信片上寫的第四集，與老頭五年前買的第四集又不是同一本。」

「不對，是同一本。」

栞子小姐毫不猶豫地斷言道。

「怎麼可能？都已經過了三十年耶？因為當時有某些原因，他們沒有買第四集，所以兩人才另外買了其他版本的第四集……已經沒有其他解釋方式了吧？看樣子妳的腦袋也很差。」

除了腦袋差這點之外，其他部分我也抱持同樣的看法。三十年前的書不可能直到五年前都還在同一家書店裡。如果是罕見、賣不掉的高價稀有書，則是另當別論，但是這本《怪醫黑傑克》怎麼看都不像是那一類高價稀有書，甚至可說書況惡劣到幾乎可以作廢了。

「不對。當時他們是因為其他理由沒辦法買，因為那家店原本就沒有賣第四集。」

真壁慎也說不出話來。栞子小姐繼續說：

「請仔細閱讀明信片上的文字。找到第四集了、站在那裡確認過、一起去——內容只寫了這樣，根本沒有半個字提到那是一家舊書店。」

「什麼？這本書上不是也寫了店名嗎？我也親眼看過位在磯子的店面。那家擺著舊漫畫叫什麼書房的店如果不是舊書店，妳說說看那是什麼店？」

栞子小姐冷靜地朝少年豎起三根手指。

「很簡單，三十年前的書後來仍有可能繼續擺著、店名有書房二字卻不賣書、書櫃上都是狀態異常惡劣的書……」

每說一句，她就豎起一根手指，最後說出結論。

「那是一間租書店。」

在場所有人都很困惑，我也是只聽過這個名詞卻從來沒親眼見過。我想那是相當久以前存在的業種。

「一如名稱所示，那是一家租借書籍的店。這一行從江戶時代就存在，但大量爆增則是要到一九五〇年代。店裡經手漫畫、雜誌和娛樂小說等，當時還有專門出版租借用書的出版社。後來隨著時代變遷，租書店逐漸減少，現在幾乎已經沒有私人經營的租書店了。這家鶉書房開了相當久，直到五年前還在經營。」

她拿起《怪醫黑傑克》的第四集翻開。

「封面上包著厚厚的塑膠套，書的『喉』部用線補強，這是租書店普遍會做的事。因為他們預估這本書會有很多顧客閱讀。」

「但是，書裡不是有書店的價格標籤嗎？」

我忍不住插嘴。她正好翻開版權頁，那兒貼著印了六十日圓價格的奇妙標籤。

「這是租書費，表示該店倒閉時的租書價格是一晚六十日圓……這裡還把價格劃掉，表示他們曾經配合時代一點一點調漲價格。」

「價格底下的正字記號又是什麼？數量很多呢。」

「大概是租出去的次數。用這種方式標示每本書有多受歡迎吧。」

意思是每次有客人租書，店家就會標記。這本《怪醫黑傑克》第四集曾經被這麼多人閱讀過，這當中一定也包括了十幾歲的真壁夫妻。

「租書店多半也會兼營舊書店，不過我想這是一家純粹的租書店。真希望他們還沒倒閉之前我能去過一次……我的舊書店之旅顯然不夠完整。」

她不甘心地咬著下唇。不愧是曾經參觀過全縣舊書店的人。

「那家真的是租書店嗎？既然如此，為什麼那時候會賣書呢？太奇怪了吧？」

真壁慎也以下顎指指《怪醫黑傑克》。他說得沒錯。

「倒店大拍賣時，租書店會將店內的庫存便宜賣。您們不是開車經過那兒嗎？站在您父親的立場來看，他看到了很久以前和妻子一起租來看過、充滿回憶的一本書被拿出來賣了，無法保持冷靜也很正常……他抱著一縷希望，假如把書拿到妻子枕邊，或許能夠喚回她的意識。」

的確，如果不是如此，他也沒必要特地去買那本書況惡劣的書。他不是將自己的嗜好看得比妻子重要，應該說這是為了妻子而做的舉動。

少年茫然坐在沙發上。看樣子似乎還沒能夠將情緒整理好。

「這本第四集裡頭收錄的〈植物人〉，您看過嗎？」

栞子小姐問。對方只是抬起眼睛，沒有回答。看樣子是沒有。這幾天我一直追著第四集的去向，也錯過了一讀的機會。

「內容是講述遭遇船難意外而陷入昏迷狀態的母親與她兒子的故事。母親的腦波整整一個月不見任何反應，因此醫師診斷沒有復原的可能。」

少年臉色大變。大概是聯想到自己的母親吧——該不會他的父親也有同樣想法？

「但是，黑傑克對於此診斷持反對意見，他將兒子和母親的腦以電極連接在一起，進行特殊手術，如果母親的腦還有一點生機的話，就會出現某些反應，而該反應很可能會傳到兒子的腦裡……黑傑克將希望託付於此。」

「腦死的人才不可能睜開眼睛。」

他衰弱地小聲說。

「……這只不過是假的。」

「是的，這是虛構的故事。」

栞子小姐乾脆地認同，對方反而很驚訝。

「腦一旦完全停止活動的話，人類就不可能甦醒了。您說的沒錯，這的確是虛構故事……但是，您不想知道這個故事的結局嗎？」

真壁慎也的視線停在半空中，最後看向栞子小姐手中的《怪醫黑傑克》，就這樣定住不動。

「正因為這是虛構的故事，才存在著人們的期望。假如這個世界存在的只有現實，沒有虛構故事的話，我們的人生未免太貧瘠了……為了讓現實更加多采多姿，所以我們閱讀虛構故事。您的父親一定也是這樣。」

她把《怪醫黑傑克》遞給真壁慎也。他猶豫了一會兒後，接下書。

「等令尊回來後，請務必和他談談。談談令堂、談談您自己……也談談這本漫畫。」

「……老頭才不會聽我說呢。」

「您要怎麼想全看您。但您曾經試圖好好表達自己的想法嗎？」

翻弄第四集的手停住。

「儘管您的父親很嚴肅，我想他也明白互相溝通意見的重要性……畢竟他重視這本漫畫中描繪的故事。好好和他談談，一定會順利的。」

雖然動作很微小，不過少年點頭了。

離開真壁家時，太陽正好下山。我配合拄著拐杖的栞子小姐，一起緩步走向洋光台車站。

邁步向前沒多久，我們就和一位拖著行李箱的高個子中年男子擦肩而過。他前額的髮線已經後退了不少，不過神經質的臉龐輪廓與真壁慎也十分相似。

我們沒有停下腳步，往後一看，只見剛才走出來的大門正好打開。今天是他回國的日子。

「……結果我們沒能夠和那位父親說到話。」

然而我們卻了解他的漫畫閱讀喜好、知道他和妻子的初次邂逅，以及擁有一些插畫才能等各式各樣的事情。真是不可思議。

一切都是透過書——透過解開書本之謎的栞子小姐，才能得知。

「妳覺得那對父子能夠順利嗎？」

「一定沒問題。」

她的聲音很開朗。事實上我也有同樣想法。兒子學校的事情也會由全家人一起找到答案吧。

「栞子小姐果然很厲害。」

「……什麼意思？」

「找到那三本舊版的《怪醫黑傑克》，還解開為什麼一共有五本的謎團……如果是我絕對辦不到。就算我成為書店正職人員，也做不來。」

我原本只是想開個玩笑，她卻沒有回應。突然一陣強風吹過，她的黑色長髮像生物一樣扭動。為了解開纏在眼鏡上的頭髮，她停下腳步拿下眼鏡。

沒有對焦的大眼睛，一直凝視著我。

「怎麼了嗎？」

「……如果不是和大輔先生在一起，我不會做這種事。」

「咦？」

「如果只有我一個人，我不會接案子。」

她說得很快，像是在生氣。她快速戴上眼鏡，眼眶微微泛紅。再度邁步向前走之後，我才注意到她是在回答我之前的問題——即使沒有我，也會接受這類委託嗎？為什麼現在在這裡回答呢？她還是一樣不會抓時機。

但是，我因此明白了另一件事。

她不會敷衍我。即使很花時間，不過問她的問題她還是會確實回答。所以，她應該會好好答覆我的表白吧。

五月已經過了一半，距離期限還剩下兩週。

斷章 II

小沼丹《黑色手帕》（創元推理文庫）

我下班回家在橫濱站下車，進入西側出口旁邊的連鎖咖啡店。自備隨行杯會打折，所以雖然沒有多便宜，但我最近經常到這裡來。我坐在方便看見入口的地方，看看智慧型手機確認時間。距離約好碰面的時間還有一會兒，沒辦法，我只好從包包裡拿出文庫本擺在桌上。

隔著走道的隔壁桌，坐著一位和我年齡相仿（也許比我小一點）也同樣是短髮的女孩子。她穿著和我類似的套裝，用自己的隨行杯喝咖啡。除了她的桌上沒有文庫本之外，我們兩人簡直像在照鏡子一樣神似。我想她也是業務員吧，大概是工作告一段落正在小歇一下。

她的臉色看起來很疲憊，不要緊嗎？——我一邊心想一邊偷窺對方，結果一位端著甜甜圈和咖啡的高大男孩出現，我對她的親近感瞬間消失。原來只是男女朋友的其中一方在佔位子而已。女孩接過男生遞來的紙巾後，以閃亮的眼睛道謝。這種事值得這麼高興嗎？只不過是顏色很怪的普通紙巾耶？

我以文庫本遮住自暴自棄的笑容，開始看起書。小說講述戴著難看勞埃德眼鏡（這是什麼？）的年輕女老師一一解決身邊小事件的內容（註2）。有趣是有趣，但我不是很了解女主角在想什麼。這本書是認識的人給我的。

「小瑠……小沼丹的《黑色手帕》！」

頭頂上有人出聲。我把視線往上看，看到右手臂裝著拐杖的長髮女孩站在那兒。白色女用襯衫搭配格子蛋糕裙，外頭穿著綠色的春季外套。除了那個有點髒的褪色藍染帆布托特包之外，打扮還算有模有樣，姑且也化了妝。好好打扮果然很漂亮。

「一般人都是說『晚安』吧？怎麼會有人是喊作者和書名的？」

「因為這本書我也很喜歡，而且小瑠讀得很入神……啊，晚安。」

「晚安，栞子。」

我合上《黑色手帕》。

「妳也早到了呢。」

「我很早就到了，所以去書店買了文庫本，打算在這裡看。」

和我很像。只是我們帶的書冊數完全不同。她的托特包被包著五顏六色書店封套的文庫本塞得滿滿的。我想她剛才去了鑽石地下街的書店。

主動提議今天去喝酒的人是栞子。畢竟我們認識很久了，我知道這表示她有重要的事情要說。我也有話要說。

「小瑠，妳和我母親有聯絡吧？」

劈頭就說起正事，這是她從以前就有的習慣。

「我就知道是這件事。」

我苦笑。

「妳怎麼知道的？」

「因為妳突然跑到北鎌倉的店裡來，委託我們接那件案子。之前明明只要大輔先生在店裡，妳就不會露面。」

「因為……我不想看妳為了要不要交往而扭扭捏捏。」

我去年耶誕節前夕，和交往五年的男朋友分手了。原因我一點也不願想起來。

過年期間和栞子兩人豪邁喝酒時，我注意到栞子對打工店員的稱呼從「五浦先生」變成了「大輔先生」，那股「微戀愛」的氣氛令我生厭。我並不想當一個詛咒好友幸福的垃圾，但是我也沒心情特地去看本人。

「地震過後沒多久，智惠子阿姨來找我。她很擔心栞子妳們和文現里亞目前的狀況，所以希

註2：即黑框圓眼鏡，因為默片時代知名喜劇演員哈羅德．勞埃德而得名。

望我代替她去瞧瞧。我說自己很久沒去店裡了，找不到藉口去，試圖敷衍她，她就建議我拿與書有關的事情去諮詢……她說因為你們最近經常接受這類諮詢。」

我雖然沒告訴過栞子，不過我和智惠子阿姨碰面也幾乎都是在這間咖啡店，或許也曾經在同一張桌子前談話。她當時開心地說，栞子最近不只是對書中內容感興趣，也開始對於書本身的故事與書主隱藏的祕密感到好奇了。

「只不過，如果不是和那位打工店員一起，就無心行動。」

當時我覺得哪裡不對勁。比方說，智惠子阿姨提到「那位打工店員」時，眼裡沒有笑意。總之，我就把學妹真壁的問題，拿去文現里亞了。

「從我帶著委託去妳店裡那天起，阿姨經常寫電子郵件來問我情況。我這才注意到自己中計了，她不是擔心女兒和書店，而是希望讓妳解謎……她想試試妳的程度。」

栞子默默聽著，似乎早就預料到這一切。她在這種時候的姿態和她母親很像。

我從以前就不喜歡智惠子阿姨。還是小孩子的我能夠感覺到她隱瞞了真心話，嘴上說的是另外一回事。

「我不喜歡這樣，所以已經沒有和她聯絡了，我今天原本也打算向妳完全坦白。不好意思，我背著妳做這種奇怪的事。」

「沒關係……小瑠妳不是什麼也沒做嗎？」

栞子搖頭，以有些乾澀的聲音說。天花板的照明讓她的眼鏡鏡片反射奇怪的光芒。

「不過，妳可以幫我聯絡我母親嗎？說我想要見她。」

「……為什麼？」

我忍不住尖叫。這十年來，她從來不曾說過想要見母親，甚至避免談到母親。

「我很難解釋，有些事我希望能夠在回應大輔先生之前先釐清，所以必須見見母親……」

「都現在這種時候了，妳還要母親教妳什麼？話說回來，妳真的還沒回答嗎？這件事我也一直很好奇。」

我雙手抓著桌子探出上半身。原本在喝咖啡的栞子慢慢放下馬克杯。

「妳喜歡五浦，對吧，再怎麼樣妳也應該有這點自覺了吧？」

從去年冬天開始，她老是在講一起工作的打工店員。據我從她妹妹文香那兒聽到的，主動問他要不要在書店工作的人是栞子，他離職的那段期間，栞子也曾特地去找他。

直到目前為止，我也問過她好幾次對他有什麼想法，但她只是露出困惑的表情不解地偏著頭。他們兩人甚至單獨去約會了（她清楚說了是約會），我想她也差不多該注意到了。這麼說來我還沒有聽她本人親口證實過。

栞子滿臉通紅，眼睛看向手邊的馬克杯。這姿勢很難解釋是點頭還是低頭。

「有些事沒有釐清的話，我沒辦法回答……儘管我已經知道要怎麼回答了。」

「什麼意思？我聽不懂。」

琹子突然動也不動。基於我們多年來的交情，我懂她這反應不是逃避回答，而是真的不曉得該怎麼說。只要不曉得該怎麼說，她絕對不會說出口。

我的手拄著臉頰，感慨地望著眼前的好友。她的頭腦雖然聰明，卻少根筋，內向頑固又笨拙；偶而也會有祕密，但煩惱時總是很認真。她不會隨便敷衍了事。

我只得嘆息，看來只好告訴她了。

「……智惠子阿姨已經注意到妳想和她聯絡。」

最後一次在這裡碰面時，她曾對我這麼說。她對於利用我一事沒有半句抱歉，反而給了我這本《黑色手帕》。這做法別具深意的意思太明顯，讓我更加不悅，但這本書意外有趣，所以我捨不得丟掉。

「可是，她似乎不想這麼輕易就見妳。她說，如果妳想見她，她會準備與書有關的問題等妳破解。」

聽到這番話時，我打從心底愕然。這世上有哪個母親與女兒見面時，會這樣刁難？琹子不可能接受的。更重要的是，我當時不認為琹子想見母親。

沒想到我好像猜錯了。琹子現在眼睛閃耀著興奮的光芒。只要一亢奮，她的眼睛看起來就會帶點藍色。

「幫我寫信給母親，說無論什麼問題我都接受。」

我開始有點不舒服。她的眼神與說這番話時的智惠子阿姨一樣，那雙眼睛完全看不進周圍其他事物，我從以前就無法喜歡。

我一直後悔自己拿真壁的委託去文現里亞這件事。

和五浦一起以玩遊戲的心情解決某個人與書有關的煩惱還不打緊，但是，書就像是書主腦袋的延伸，太過清楚他人腦袋裡的東西之後，感覺就很奇怪了。

就像某個突然拋下家人和工作、離家出走的人一樣。

「我會幫妳寫信給阿姨。」

我說。我無法拒絕她的請託。一想到我的弱點也被她看穿，就覺得氣憤。

「但是，我認為妳最好少和她見面……千萬別大意。」

琹子默默點頭。

第三話

寺山修司

《請賜予我五月》（作品社）

1

總覺得，只要是打烊前發生的問題，都是難以解決的問題。

我把印著《江戶川亂步全集》的成疊月報放入寫好收件人的信封裡封起。剩下的就只有回家途中去便利商店寄出去即可。

看看時鐘，已經是晚上八點，文現里亞古書堂當然早就打烊了。大約兩個小時之前，在網路上買了《江戶川亂步全集》的客人打電話來抱怨。他是耳朵有些重聽的老人家，我花了不少時間才了解他在說什麼，他說沒找到應該附在全集裡的月報。

他說，店長栞子小姐刊登網頁上的目錄時，的確有月報。簡單來說就是我忘了放進去，而亂放到某個地方去了。我來回翻找店裡和倉庫，好不容易找到月報後，馬上打電話向對方道歉，直到剛剛才結束寄送準備。

突然要加班其實也並非全是壞事。栞子小姐的妹妹篠川文香叫我進來吃晚餐，好久沒在這個家吃飯了。

現在店裡只有我一個人。栞子小姐剛才接了通電話，拿著子機進主屋去了。現在她大概就在門後面吧，我隱約可以聽見說話的聲音。

那似乎是一通私人電話，不過講了好久——聲音突然停止，栞子小姐拄著拐杖回來了。

她今天穿著淺色牛仔襯衫和長及腳踝的長裙，一如往常戴著樸素的黑框眼鏡。我前陣子問過她，聽說那副眼鏡從國中起就戴著了。

「月報可以在今天晚上寄出去嗎？」

「我會在回家路上拿去寄。對不起。」

「沒關係。辛苦了。」

她溫柔地笑了笑，把子機放回充電器上，我不自覺追著她的一舉一動。已經沒有其他要忙的事了，我確認玻璃門上鎖後，稍微整理櫃台裡頭，只剩下關掉電燈而已了。

栞子小姐拿著撢掉灰塵的小抹布焦慮地擦擦附近的書櫃，最後終於下定決心轉過頭來。

「那個，大輔先生。」

「是。」

「剛才的電話……是檢察官打來的。」

「檢察官……？」

她點頭。

「田中敏雄的律師提出保釋申請……目前在審議是否核可，所以身為被害人的我情況如何，也成了判斷依據之一。」

我緩緩鬆開不自覺握緊的拳頭。我又不是受害者，這麼緊張做什麼。

「意思是他可以放出來了？」

「在判決定讞之前……當然他被禁止接近我，而他也說自己沒有那個打算。只是他祖父的忌日快到了，因此希望能在入獄服刑之前去掃墓……」

我不是不懂那個男人對祖父的敬意，我聽他本人說過他的父母親經常不在家，他是由祖父養大的。我記得他們的家族墓園應該在長谷。

「妳怎麼回答？」

「只要他不靠近這家店，我就沒有什麼意見。」

既然她同意，我也沒有資格說話。

「……為什麼要告訴我這件事？」

關於田中敏雄的審判，她之前幾乎沒有告訴過我。栞子小姐輕輕嘟嘴，用抹布擦著書本與書本的縫隙。與其說她在不滿，比較像是在鬧彆扭。

「前陣子大輔先生你不是說過嗎？……說我隱瞞太多自己的事情。如果你不想聽的話，我就不說了。」

原來是這樣。我渾身無力。

「不，我想聽。謝謝妳。」

坦然道謝後，她背著我繼續打掃。大概是我的錯覺，我好像看見她嘴角揚起一抹微笑。

她願意告訴我，我很開心——但是，我現在想知道的不是這件事。

前幾天，滝野瑠打電話給我，她說栞子小姐沒有交待她別說，所以她告訴我栞子小姐打算和篠川智惠子碰面。似乎是有事情必須在答覆我的表白之前和她母親談談，而母親對於與女兒碰面這件事訂出了條件，栞子小姐必須解開她出的「謎題」。

『我想栞子打算一試……雖然我不清楚原因。』

原因的話，我大概已經察覺了。上個月解開《押繪與旅行的男人》的謎團時，栞子小姐還差一步沒能揭開真相，也拒絕了母親找她一起去確認的邀約。

當時，篠川智惠子是不是對女兒感到失望，所以想要再一次測試女兒的實力——確認她是否能夠勝任自己的夥伴呢？

也許在亂步那件案子之後拿到店裡來的委託，全都和那個女人有關。如果栞子小姐為了解謎而決定接受出招，我也不會感到驚訝。

『我認為告訴你這個當事人一聲比較好。要怎麼做就看你了。』

我能夠做的，頂多只有直接找栞子小姐談談而已。但是，我之前做過了。

滝野瑠不希望她們兩人碰面，我也對於即將發生的事感到不安，但我還是決定相信栞子小姐。不管怎麼說，只要她見不到母親，就不會答覆我的表白。

「喂！」

通往主屋的門突然打開，馬尾少女探出頭來。不曉得她是什麼姿勢，我能看見的只有脖子以上的部分。

「工作還沒結束嗎？」

「剛結束，對不起，讓妳久等了……我們去吃飯吧。」

栞子小姐對妹妹說。

「不是，晚餐沒關係，是因為客人從剛才就一直在等。」

篠川文香低聲說：

「他說和姊姊約好了一邊吃晚餐一邊談事情？妳沒有事先告訴我，我很困擾耶。幸好我今天多做了一些菜。」

「什麼客人……？」

我問。這件事我第一次聽說，栞子小姐也同樣困惑。

「我沒有和任何人約好……小文，是不是有什麼誤會……？」

「咦？怎麼可能。他現在就在那邊大口吃飯喔！」

少女回頭看了主屋內側一眼。

「他好像是以前經常來店裡的人，聽說他和爸媽兩人都是好朋友。他說是媽媽介紹他來討論書的事情。」

討論書的事情——我注意到這句話。也許他就是篠川智惠子出的「謎題」。不過我沒料到委託人會突然上門。

「總之，我先去見見他。」

栞子小姐強而有力地說完，狀況外的妹妹不解地偏著頭。

「嗯……拜託妳了。然後，快來吃飯吧……」

「不好意——思，可以再給我一碗飯嗎？」

走廊盡頭傳來男人的聲音。聲音聽來有些低沉，不過很清楚。

「請等一下！我幫你添！」

「小文——」栞子小姐叫住正要把脖子縮回門內的文香。她似乎聽過剛才聽到的聲音，不曉得為什麼臉頰緊繃。

「我想應該不會，但是……那位客人……該不會是門野澄夫？」

「什麼啊，原來姊也認識啊。」

栞子小姐露出我過去不曾看過的苦澀表情。在家庭餐廳吃飯吃到一半，通心粉裡爬出巨大白蟻時、到府收購的回程上不得不進入廢墟狀態的公用廁所時，她都不曾出現這樣的表情。我戰戰兢兢地開口：

「他是誰？」

「誰……」

琹子小姐垂頭喪氣地嘆息回答：

「他是前年被我禁止進入本店的人。」

2

我們一進入客廳，只見一位穿著T恤和牛仔褲的男人背對著壁龕盤著腿；他充滿肌肉的身體曬得很黑，從事的大概是在戶外勞動身體的工作；圓溜溜的眼睛讓他顯得娃娃臉，不過從髮際線後退的狀況判斷的話，他大概超過三十五歲了。

男人與琹子小姐視線一對上，立刻放下碗筷，離開座墊，手按著榻榻米，深深低頭行禮。

「……琹子小妹，好久不見，看妳過得似乎很好，我就放心了。」

問候內容很貼心，但他沒等回答就再度吃了起來，想必是個神經很粗的傢伙。

琹子小姐放好拐杖坐下，她妹妹和我也跟著默默坐在矮桌前。今天晚餐是炙烤鰹魚片、南瓜沙拉、涼拌芝麻菠菜和豬肉味噌湯。還是一樣讓人想不到這些道地菜色是出自高中女生之手。

「你為什麼會在這裡，門野澄夫先生。」

栞子小姐冷冷問道。不曉得是不是太生氣，所以平常的扭捏都不見了。

「我應該說過，你不准再到我們店裡來吧。」

門野澄夫完全不為所動，用筷子一次夾起三片鰹魚。

「……因為妳說不准進入店裡，我就到主屋這兒來了。」

「強詞奪理。」

她毫不掩飾地皺起眉頭。她這麼明顯討厭一個人還真難得，對方應該做過什麼很過分的事。

「……這個炙烤鰹魚片真好吃，南瓜沙拉也是一絕……裡頭該不會加了松子吧？」

男人悠哉地對妹妹說話。篠川文香大概是受不了現場緊繃的氣氛，快速站起身。

「啊，糟糕，我得去泡茶了。」

她走進旁邊的廚房，手背到身後關上紙拉門，大概是想在門後偷聽吧，不過這麼一來，我們也比較方便說話了。

「你說是家母介紹你來的，是真的嗎？」

栞子小姐說。她沒有把這男人趕出去，大概就是因為這個原因吧。

「對對，我遇上一點小麻煩，碰巧遇到智惠子姊就和她商量，她告訴我妳有辦法解決。」

「咦？你叫她智惠子姊……」

該不會有血緣關係吧？不過他們長得一點也不像。

「不是真的姊弟。我怎麼可能和這個人是親戚，別開玩笑了。」

栞子小姐不屑地說。門野澄夫一臉認真地點頭。

「欸，我們算是青梅竹馬吧。三浦家就位在我老家附近……我們兩家是世交。」

「三浦是我母親的舊姓。」

栞子小姐不悅地為我補充說明。所以結婚之前叫做三浦智惠子啊？我第一次聽說。

「我懂事時，她已經是大人了，而且長得很漂亮，包括我和我哥哥們在內，住在那附近的男生們各各都很仰慕她。知道她要結婚時，我們都好難過……從那之後已經過了三十年呢。」

他扳著手指數數，嘴上說出年代。

「我後來見過登哥之後就懂了，他真的是很適合智惠子姊的人選呢。啊啊，登哥就是這裡的前任老闆。」

門野澄夫為困惑的我說明。看樣子他和篠川夫妻真的很熟識。既然這樣，為什麼會被禁止進入書店呢？

「我們家有三兄弟，上面有兩個哥哥，最大的哥哥和我一樣很愛書……他也是這裡的常客。他和智惠子姊、登哥也是好朋友……不過他上上個月過世了。」

「我知道，我去參加了家祭。」

栞子小姐以僵硬的聲音說道。

「我因為劇團債務等諸多原因，原本就給大哥添了許多麻煩，便放棄繼承大哥的財產……」

「這也是應該的。所以你來這裡做什麼？」

男人喝光剩下的豬肉味噌湯，看樣子已經吃飽了，一邊打嗝一邊合起雙手。

「就是啊，栞子小妹，妳還記得嗎？大哥他是寺山修司的超級書迷，有許多初版書的收藏。欸，我也是死忠書迷就是了。」

寺山修司。我沒讀過他的書，不過我知道名字。新書書店裡擺了好幾本他的文庫本。

「……怎麼可能會忘記。」

栞子小姐的眼睛變得更加冷漠。

「那就好……我是來找妳商量寺山的初版書。就是那本妳也稱讚過書況很好的《請賜予我五月》。喔！現在正好是五月。」

「喂，你也差不多──」

「對不起，我去一下廁所。啊，不用，我知道在哪裡，用不著擔心。」

根本沒有人擔心，他誇張地說完後走出去。氣勢遭挫的栞子小姐十分不愉快地緊抿嘴唇。

我感覺到單純厭惡之外的其他反應。栞子小姐的態度與面對「天敵」母親時有些不同。如果那個人只是因為惹麻煩而被禁止進入書店，我想她的反應不會這麼情緒化。從他們兩人的對話內容，可聽出他們過去感情很好。會不會是因為栞子小姐曾經深信門野澄夫才造成這樣的反動，所以現在仍舊生他的氣呢？

（該不會是……不，應該不可能吧。）

我打消一瞬間浮上腦海的想法，她雖然會做些超乎常軌的事，不過應該不至於與那個男人交往。大概是其他關係。

「寺山修司是什麼人？」

我從簡單的話題切入。老實說這一點我也很好奇。栞子小姐的表情終於軟化。問她有關書的事情就對了。

「這個嘛，很難用一句話解釋……他以歌人身分出道，也是很活躍的詩人和劇作家。他是戲劇實驗室『天井棧敷』的老闆，也是知名的電影導演，在國外也有很高的評價。」

「本行是什麼？」

「他活躍於各類活動，我想沒有拘泥於哪個是本行。可以說他的職業就是當寺山修司。他在散文家這一行也廣為人知，尤其是《離家出走的建議》、《丟掉書本上街去》等書，現在仍然能夠在新書書店裡買到。」

「我看到過《離家出走的建議》。」

我說。那個書名我有印象。

「內容是什麼呢？」

「那是寫給少年、少女看的連載短篇小品文……不過現在讀來仍會覺得內容相當挑釁。他要大家暫時從外人角度看自己與血親之間的關係，主張離家獨立。」

內容似乎和書名沒兩樣。國中、高中時代，我和父母親吵架時，也曾經認真考慮要離家出走。如果我能夠看書的話，也許真會買下這本書。

「真的有人因此離家出走嗎？」

「有的。經常有離家出走的人去找寺山。這本書四十多年來持續影響著年輕人，也有人是藉口受到這本書影響而盡做些不負責任的事……」

她板著一張臉轉頭看向走廊，似乎很在意門野澄夫。他還沒有打算離開廁所回來。

「如果不想說，我不會勉強妳，不過，那個人做了什麼？」

一陣沉默。栞子小姐看向下方，以兩隻手調整眼鏡的位置，鏡框隱約發出喀啦的聲響。

「家父過世後，我幾乎是一個人經營這間店。即使僱用了打工店員，也很快就離開了……我當時比現在更不擅長接待客人，所以客人也流失了不少。」

她淡然開始說明。我聽過打工店員跑掉的事，聽說是因為受不了她聊書聊太久。少了打工店員的話，接待客人的工作就必須全部由她接手。

「當時他正好回到老家，也經常到我們家來。他沒有工作，成了哥哥的負擔，我當時因為生病在療養……煩惱沒有辦法採購新商品，他一聽到我這麼說，幾乎每天都會帶著我們店裡想經手的舊書給我。寺山的初版書也是其中一部分。每一本書的書況都很好，所以幫了我大忙，我對他當然很感謝，但……」

她說到這裡停住，再次看了看走廊的情況。門野澄夫還在廁所，我開始覺得他是故意的。

「沒多久，他的哥哥到我們店裡來。就像他說的，那位哥哥是我們店裡的常客，不過身體狀況已經變得很糟，我們也很久沒見面。當時我請他看看擺在玻璃櫃中的寺山初版書，結果他相當驚訝，說：『這些全都是我的書。』」

廚房裡傳來氣笛聲，很快又停止。篠川文香大概在用茶壺煮熱水。

「是他偷的嗎？」

我不自覺地壓低聲音。栞子小姐點頭。

「而且不只是哥哥的舊書……之前拿到店裡來賣的書，多數都是從其他店裡偷來的商品。」

我的背後飆出討厭的汗水。意思是他在我們店裡銷贓。過去在《最後的世界大戰》那本書的案子裡，曾經聽過關於舊書店買賣贓物時的法律責任，只要店家不知道那是贓物，就被視為是「善意第三人」而不會追究責任。

但是，就算如此，也不可能裝作什麼事也沒發生就帶過吧。

「後來怎麼解決呢？」

「我報警了，不過他的家人想辦法讓他獲得不起訴處分……我把店裡剩下的舊書贓物送回原本的書店。他的哥哥也去拜訪各間受害的書店，賠錢和解。不過我沒有收下。」

我在腦中整理了一下情況。商品被送回其他被偷的舊書店，商品無法送還的店家就賠錢。文現里亞古書堂將買下的贓物直接送還各店家。也就是說——

「這樣一來，我們店裡不是蒙受很大的損失嗎？」

「不會，因為已經賣掉的贓物有賺錢……賣價減掉進貨價格雖然是赤字，不過比起被偷的書店，我們的受害程度不算大……而且我沒有看出那是贓物也有責任。

總之，我禁止他進出我們店。他的家人似乎也和他斷絕往來了。」

我可以理解栞子小姐的態度了。被原本信賴的人背叛，憤怒程度自然會加劇。廁所響起沖水聲後，門野澄夫大聲踩響地板回來了。

「呼——抱歉抱歉。」

他回到位子上再度盤腿坐下。我感覺自己正看著來路不明的生物，給比自己年紀小很多的女性添了莫大的麻煩之後，他怎麼還能夠毫不在乎的樣子。

「……茶還沒好嗎？」

他的聲音以自言自語來說算是很大聲。我的怒意湧上心頭，不曉得他這個人是故意挑釁，還是臉皮厚到不行？總之是個令人不愉快的傢伙。

「然後呢？你有什麼事？」

栞子小姐再度開啟話題。男人仰望天花板後，終於想起似地拍了一下手。

「啊，對了，是關於《請賜予我五月》的初版書。其實呢，我大哥打電話給我，就在他過世前一個禮拜……他說要把《請賜予我五月》給我，就是我以前拿到這裡賣的那本。」

「什麼？」

我們同時大叫。剛剛才聽說他的家人幾乎與他斷絕往來了。

「……要說謊也該看看情況。」

栞子小姐毫不留情地說。

「為什麼你大哥要把那本書給你呢？何況還是《請賜予我五月》的初版書，絕對不可能。」

「不，我沒有說謊。是真的是真的。」

男人不正經地一邊笑一邊回答。我從來不曉得「是真的」這句話可以聽起來這麼虛假。

「我也不曉得原因。大哥說，下次碰面時再告訴我詳情，結果我們還沒碰面，他就死了。而且，我在大哥過世七七四十九日時要把那本書拿走，卻被在場所有人阻止。就算我解釋了原因，也沒有人願意相信我。」

相信你才有鬼吧。門野澄夫對著無比驚訝的我們繼續說：

「其實，我已經找到買家了，剩下的只是把書交給對方而已。事到如今我卻拿不到書，這該怎麼辦？錢我也已經收了，妳能不能幫幫我呢？」

簡直惡劣到極點——我心想。在書拿到手前就已經打定主意賣掉了嗎？而且還是哥哥的遺物。無論他說什麼都教人很難相信。我認為他只是為了搶奪珍貴的初版書，才說了這番謊言。

「……什麼時候必須拿到？」

但是，栞子小姐卻沒有打算結束這個話題。

「欸，最晚下個禮拜之內……咦，妳願意幫我想辦法啊？」

不只是我，就連提出要求的當事人自己也瞠目。

「總之……我先調查是不是真的。」

她的臉上牢牢貼著「非我所願」幾個字。她當然不是因為個人喜好才想要幫忙，我想應該是為了見到母親，所以無法拒絕母親安排的「謎團」。

「呃，沒問題嗎？」

委託人雖然就在眼前，但我還是對著栞子小姐小聲耳語。調查了真相之後，應該就能清楚結果了。

我無法估計篠川智惠子的意圖。她為什麼要出這麼刁難的「謎團」呢？——該不會只是想看看女兒傷腦筋的模樣吧？

「欸，沒有調查還說不準……」

她無力地回答。看來不太有自信。

3

假日午後，我和栞子小姐相約在大船車站碰面。我們要找門野澄夫的家人談談這次的委託，栞子小姐表示希望和他們談談，他們立刻答應，說隨時都可以過去。

店裡的廂型車煞車有怪聲，所以送廠維修中，我們搭乘單軌電車抵達門野澄夫老家所在的深澤。沿途因為有許多轉彎，所以左右搖晃激烈，速度莫名地快也是單軌電車的特色。不過，因為軌道在高處，窗外看到的景色很棒。

五月的陽光照著房舍屋簷和綠樹。延伸到大海那頭的藍天，已經有初夏的徵兆。

「在閃耀的季節……」

栞子小姐突然說。我們坐在四人座位上，她坐在我對面，抱著拐杖看著窗外。

「誰能歌頌那張風帆？剎那間，我流逝的時間啊……」

她的視線一與我的眼睛對上，就降低音量，紅著臉低下頭。

「那是什麼？」

「沒、沒什麼……請當作沒聽到……」

「可是，是很好的一段話。」

她立刻抬起臉來，眼鏡後頭的大眼睛閃閃發光。

「大輔先生也這麼覺得嗎？」

「嗯？是啊。」

「我也很喜歡呢。這是寺山修司的〈五月的詩〉，收錄在《請賜予我五月》開頭的作品。」

她閉上眼睛繼續背誦。背得很完美，毫無停滯。

二十歲，我在五月誕生。
我踩著樹葉，呼喚青春的樹林。
現在這時候，我在我的季節入口，
靦腆地走向鳥兒們，
試著揮起手。
二十歲，我在五月誕生。

很適合清爽的窗外景色。我一點也不懂詩，不過我感覺剛才那一瞬間彷彿變成了文字。

「寺山最早的作品集是《請賜予我五月》。一如這首詩提到的，這本書在他二十歲時出版。書中除了詩之外，還收錄了他過去寫的短歌、俳句、日記，可謂是集結了當時最精采的內容……但是寫這首詩時，寺山早已因為腎病住院了。他幾乎無法離開病床，甚至有生命危險。」

「……與這首詩的內容完全不同。」

情況看來根本不是踩樹葉的時候，讓人很難想像這是重病患者所寫的東西。

「也許該說被疾病打倒時，反而能夠充分運用想像力……後來他在戲曲中這樣寫到：『無論哪一種鳥，都無法比想像力飛得更高吧』……」

正好單軌電車抵達湘南深澤站。我們下車來到月台上，平日午後，在小型無人車站下車的乘客很少，鎌倉的這一帶幾乎看不到觀光客。

「二十歲就出道，不算早嗎？」

我走出車站後問。雖然我不清楚歌人或詩人應該在幾歲左右出道。

「出道是更早之前的事。他十五歲就開始創作俳句和短歌，與同世代的同好們廣泛交流。高中時還曾經主辦全國學生俳句大會。他十八歲時從出生長大的青森來到東京，投稿《短歌研究》雜誌，被當時的總編中井英夫選為特選……以十幾歲的天才歌人之姿受到矚目。」

栞子小姐流暢地說明。中井英夫這個名字我有印象。

「中井英夫……是不是也寫小說？」

最近我經常整理偵探小說的書櫃，印象中曾在書背上看過這個名字。栞子小姐微笑點頭：

「是的。他是日本偵探小說史上三大奇書之一《獻給虛無的供品》的作者，也是知名的幻想文學作家，更是將眾多年輕歌人介紹給世人的短歌集編輯。寺山的《請賜予我五月》能夠發行，也多虧了中井的努力。」

走上緩坡，我配合拄著拐杖的她放慢腳步。偌大的獨棟建築連綿不絕直到遠處，可看見有著亮澤狗毛的大型犬睡在木製露台上。

「寺山罹患腎病倒下，正是他開始各式活動的時候。而中井英夫希望至少能夠在這位天才過世之前出版一本書，於是出了《請賜予我五月》。寺山當時當然沒有死，出院後以時代的反骨派參與並拓展各式領域的活動……」

「他什麼時候去世？」

「一九八三年，四十七歲時。」

「……很年輕呢。」

「是的。因為肝硬化和腹膜炎引發敗血症……有人說也是腎病的影響，不過他的身體似乎原本就不太健康……啊，就是那棟房子，有氣派松樹的那間。」

視線前方是一棟兩層樓的老建築。或許是因為蓋在斜坡上的關係，水泥地基格外高人一等。

從地基上的停車位，走出一位身穿西裝的中年禿頭男子。打扮很得體，不過身形和大眼睛都與門野澄夫神似。

「那位就是他的哥哥，我記得名字是幸作。」

他說過自己有三兄弟，所以那位大概是二哥吧。對方注意到我們之後，深深一鞠躬，栞子小姐連忙回禮。

「謝謝你們特地過來，我替我弟惹的麻煩致歉。我也才剛到……」

門野幸作親切地說，一直盯著栞子小姐的臉看。短暫沉默之後，他馬上回過神來。

「總之先進來吧，大嫂應該在等我們了。」

他率先邁步。看樣子他不是住在這裡，應該只是為了和栞子小姐談話才特地過來一趟吧。看他的打扮，也許是趁著工作空檔過來。還真是熱心啊。就算是與弟弟有關的事情，我還是不懂為什麼有必要這樣做。

前來玄關迎接我們的是一位打扮樸素的中年女性。沒有化妝的臉上有幾顆大大的痣，瘦弱脖子上的皺紋引人注目。

「我是門野久枝……給你們添麻煩了。」

「不、不會。我、我們才是受您先生、照顧了……」

栞子小姐結結巴巴地回應。我們被帶領到和室，來到佛壇前上香。

逝者名叫門野勝己，只根據遺照判斷的話，大約不到五十五歲。裝飾在旁邊的全家福照片上，除了妻子之外，還有兩個兒子和抱在懷中的三毛貓，不過現在住在這個家裡的好像只有妻子一個人。那隻貓也許在某處。

「我的小叔給妳添麻煩，真的很抱歉。」

端出茶後，遺孀立刻也說了和門野幸作一樣的話。打招呼的對象一一道歉，讓栞子小姐也變得很緊繃。

「那、那個……呃，前幾天、前陣子的休假，澄夫先生來到我家……找我和、這邊這位大、不對、呃、五浦、談話……」

一如往常地，一講到我她就舌頭打結。和平常一樣的叫法不也可以嗎？聽著她說話的兩人臉色變得陰鬱。門野幸作以沉重的語氣率先開口說話：

「我不知道他做了多麼失禮的事……但請妳別客氣，儘管告訴我們，我們會盡力補償。」

我與栞子小姐面面相覷。看樣子他誤以為我們是為了門野澄夫在店裡引發的麻煩，而登門抱怨。怪不得他們那麼乾脆就同意了我們的見面要求。

「對、對不起，都怪我沒有說明清楚……今、今天我們來訪，是因為澄夫先生找我們商量。聽說各位不曉得勝己先生要把書給他這件事……所以希望身為第三者的我能夠出面調查……」

「啊啊，原來是那件事啊。」

門野幸作皺起臉來。

「不管怎麼說，他拿這種莫名其妙的事情去煩妳，實在很抱歉。反正一定又是那傢伙在撒謊，根本沒有其他人聽說過這件事……大嫂，妳也不知道吧？」

「是啊。」大嫂點頭。

「為了謹慎起見，我們也問了其他親戚，不過我先生似乎沒說過那種話……寺山修司的初版書他尤其寶貝，教人很難相信他會給澄夫……」

栞子小姐沒有說半句話，也許她覺得很頭痛吧。這兩個人看來也不像在撒謊，至少應該比那個男人值得信任。

「澄夫從小就愛撒謊。不管做了什麼壞事，也還是一副吊兒郎當的樣子，絕對不會道歉。」

「他惹出過……很多事情嗎？」

我忍不住問了門野幸作。看樣子那人不只做過偷書賣給文現里亞這一樁壞事。這麼說來，我幾乎不知道關於那個男人的過去。

「我們的父母很早就過世了。說來丟臉，也因此沒有好好管教身為老么的他。等他長大，習慣愈來愈差勁，他會從錢包裡偷錢，或是在超市偷東西……老是給代替父母照顧我們的大哥添了不少麻煩。」

我想起佛壇的牌位並非只有一個，其他的大概是他們兄弟的父母親的牌位吧。

「您的父母是什麼時候過世的呢？」

「一九八〇年。他們兩夫妻在結婚紀念日那天去了溫泉，結果旅館失火全燒光了……大哥當時二十歲，我十三歲，澄夫才五歲。」

他對每個數字如數家珍，顯然這件事情在他心裡留下深刻的印象吧。

「大哥從大學休學後，進入叔叔的公司開始工作。因為他年紀還很輕，也因此沒有多餘的心力吧，他對不聽話的澄夫十分嚴格。澄夫上高中後就幾乎不再和大哥說話，最後終於離家出走，加入了小劇團。」

「離家出走……」

我喃喃自語。前陣子才聽過這個詞。

「欸，大概是受到寺山修司的書影響吧。因為他曾經偷偷跑進大哥的書庫裡，擅自把書拿走閱讀。包括隨筆和戲曲在內。」

原來是真的實踐了《離家出走的建議》嗎？看來即使看書的喜好相近，也不表示彼此能夠互相了解。

「雖說是劇團，不過也頂多是學生演戲的程度，每次公演就會增加債務，為了填補債務，他就會去做些奇怪的打工……他曾經打電話給我，問我要不要買高級鍋具組或是淨水器之類的。售價高到難以置信。」

我努力不在臉上表露情感。那個大概是被直銷商教唆的吧，我也曾經遇過那種不斷推銷的傢伙。收入不穩定的人特別容易被盯上。

「大概是三年前吧，他終於付不出債務，請大哥代為償還。因為他說付不出房貸，所以大哥就讓他住在這個家裡。他趁著滲透你們店時，做出那樣的事……這次還大言不慚地撒這種謊……我們真是怎麼道歉也道歉不完。」

他再度鞠躬道歉。看樣子他似乎養成了只要提到那個男人就會道歉的習慣。

「……請問——」

一直沉默的栞子小姐開口。她誠惶誠恐的態度已經消失，不曉得何時已經變得抬頭挺胸。

「事實上我有點在意，我認為不能斷定澄夫先生是在撒謊。」

門野家的兩個人睜大著雙眼。不只是因為她的這番話，也許也是因為她的改變。她的那個開關似乎再度打開了。

「……什麼意思？」

門野久枝問。

「一般來說，撒謊時，我們都會讓謊言聽來像是真的。但是澄夫先生沒有提到勝己先生把初版書交給他的原因，如果他真要騙過所有人，首先應該會注意到這點才對。只要稍微想一下就會明白，如果沒有原因也沒有證據的話，不會有人相信他說的話。」

這麼說來，當事人也因為不明白原因而困惑著。雖說他困惑的同時，已經把書賣了，還收下了訂金。

「我很謝謝妳的體貼，但會不會是他根本沒想到妳說的那些事呢？澄夫有時……就是會這麼漫不經心。」

大嫂很委婉地責罵門野澄夫，親生二哥也交抱雙臂點頭。

「或許的確如此……」

就連琹子小姐也抱持同樣看法。或許是因為過去遭受的種種牽連，所以這三個人對於門野澄夫都沒有什麼好感。

「……能否讓我看看勝己先生的書庫？也許我能夠從中找到答案。」

4

書庫位在一樓後側。替我們領路的只有門野幸作一人，因為大哥的遺孀預約了要去醫院看診，因此充滿歉疚地出門去了。

「大哥罹患的是肺癌，到了後期，出院在家裡療養，這也是所有家人的希望。但是，對於大嫂是很大的負擔……弄得她現在身體狀況也不是太好。」

來到上鎖的門前，他一邊翻找口袋一邊說。

「不好意思，打擾了。」

栞子小姐致歉，門野幸作搖頭。

「沒什麼好道歉的，妳行動不便還特地前來。我在報紙上看過，妳也遇到不好的事。」

栞子小姐的身體變得僵硬。田中敏雄引發的事件也上了電視新聞。被害人的名字雖然沒有公開，不過有不少在地人和他一樣都知道。

「請進。」

打開門，門後面是一間日照很差的房間。鐵製書櫃就像圖書館內一樣擺成川字型，裡頭只擺了一張椅子，沒見到其他家具。

「哇啊，好驚人……」

栞子小姐拄著拐杖搖搖晃晃走進書櫃之間。

「這個房間只用來擺書嗎？」

我問門野幸作，不過他沒回答，一直看著以手指撫摸書背的栞子小姐。「請問……」我出聲喊他，他才終於有反應。

「啊啊，是的。大哥決定這裡只用來擺自己的書。他想要打造一個只有愛書的空間……父母親過世之後，他唯一的樂趣就是看書，假日也經常躲在這裡。」

他懷念地瞇起眼睛。我也稍微環視藏書，其中一個書櫃塞滿寺山修司的著作和研究書，寺山修司之外的詩集、歌集也相當多。書櫃一半都是《現代詩手帖》、《短歌研究》等過期雜誌。

「站在舊書店工作人員的角度來看，這些書也很冷門吧。」

我以為他是在對我和栞子小姐說，但是栞子小姐只顧著在後側看藏書。我只好含糊地點點頭，我不曉得這樣算不算冷門。

「大哥大學時念的是國文系，他似乎想要研究戰後的短歌和現代詩。若不是父母親發生那樣的事，他或許能夠成為研究員……會沉迷在喜歡的領域中，這點他和澄夫一樣。只不過澄夫迷的是演戲。三兄弟裡頭只有我是半吊子，我也受到影響稍微接觸了一些，不過很快就放棄了……他們的熱衷程度我比不上。」

他感慨地說著，視線仍舊跟著栞子小姐。眼神雖然沒有下流的感覺，但還是讓人十分在意。

這時候，她終於轉向我們，興奮地紅了臉頰。

「包括限定版和共同著作的作品在內，寺山的著作幾乎都齊全了，而且保存狀態很好，是相當充實的收藏。」

「寺山的初版書幾乎都是購自文現里亞。都是當時還是打工店員的智惠子小姐……妳的母親替大哥找來的，當然《請賜予我五月》也是。澄夫應該不知情。」

「……果然沒錯。」

琹子小姐的笑意消失。

也就是說，篠川智惠子理應很清楚這裡的《請賜予我五月》。很難想像這樁諮詢只是來自於舊識的委託，包括找上琹子小姐幫忙在內，整件事情應該存在著某種意義。

「我家兄弟各自都受到智惠子小姐的影響而開始看書。為了盡量和她多聊一會兒，唯一的方法只有聊書了。三兄弟之中，最早淘汰的就是我。」

我終於明白他從剛才就一直盯著琹子小姐看的原因了，因為她和她母親年輕時很神似。門野澄夫也提過大家都很仰慕智惠子小姐。

「智惠子小姐開始在舊書店工作後，仍然常常來我們家裡玩。直到大哥結婚、生小孩之後才開始疏遠。」

我想多問問關於篠川智惠子的過去，但是礙於琹子小姐在場，很難問出口。她將視線看向手上的書，試圖轉移話題。淺綠色的封面上印刷著樹葉插畫和《請賜予我五月　寺山修司作品集》的書名。沒有褪色和變色，不過看來是相當老舊的書。

「這就是那本初版書嗎？」

「是的。很少能看到狀態這麼完好的舊書……到底是從哪裡採購來的呢？」

她小聲說道。身為舊書店老闆的她，對於母親的手腕似乎充滿著複雜的心情。

「能夠讓我看看裡頭嗎？」

取得逝者弟弟的許可後，栞子小姐在椅子上坐下，以熟練的手勢翻開書頁，她細細的手指很快就停在印有書名的扉頁上，那兒有個像是用釘子畫出來的字跡寫著「寺山修司」。

「那是真的簽名嗎？」

「是的。大概是送給相關人士或熟人的公關書。《請賜予我五月》只印了一千本，當時沒有成為話題，因此幾乎賣不掉。寺山的名聲大開，獲得很高的評價之後，這本書也沒有再版。而且裝訂很講究，現在在舊書界已經有相當高的價格了。」

而且還有親筆簽名。賣掉的話，價格應該相當高。

扉頁底下出現一位青年穿著黑色毛衣的照片，這位一定就是寺山修司了。真的很年輕。二十歲的話，年紀比我還小。

下一頁是〈五月的詩〉。這本書裡收錄的不是只有詩，還有短歌和俳句。

「這裡的藏書都是大哥的驕傲。他曾經開心地說，智惠子小姐總是能夠幫他找來珍奇的物品。我想他最寶貝的就是這本《請賜予我五月》……啊啊，對了，他提起過這首短歌，就在過世之前，最後一次和我說話時。」

門野幸作伸出手指輕輕敲著短歌那一頁。

胸口疼痛的話，合上畫有鬱鬱蒼蒼山河的素描簿，閉眼入睡。

我的背後一陣顫抖。不只是因為我聯想到了過世大哥的病徵，而是因為我明明沒有見過鬱鬱蒼蒼的山河，那幅景象卻莫名清晰地浮現在我的腦海裡。短歌我只在教科書上讀過，沒想到會留下這種印象。

「……啊。」

栞子小姐發出聲音。書裡夾著一張摺起的紙和一張照片，照片裡是一個穿著短褲的五、六歲孩子躺在地上，手裡拿著彩色鉛筆，一臉嚴肅地轉頭看向鏡頭，似乎正在說「滾開」。

看似從素描簿上撕下的圖畫紙和彩色鉛筆散落在他身邊。他似乎正把好幾張圖畫紙接在一起，畫成一幅巨大的圖畫。我想大概是戰艦，不過老實說畫得很醜。當事人或許也有自覺吧，畫出界的線上打了好幾個叉。

「這是小時候的澄夫，背景大概是這間書庫吧。我第一次看到這張照片。」

門野幸作不解地偏著頭。也就是說這已經是三十年前的照片了嗎？不過照片完全沒有褪色，看來莫名新穎。

「拍攝日期是一九八一年五月二十日……似乎是最近才從底片洗成照片。」

栞子小姐讓我們看看照片角落的日期。啊啊——門野幸作開口：

「這張照片大概是大嫂拍的。當時我們家的相機都很老舊，沒有加上日期的功能。」

「……久枝小姐當時已經在這個家了嗎？」

栞子小姐問。

「是的。大嫂原本是大哥大學的學妹。還沒有結婚之前，就經常到家裡來，也幫我們照顧澄夫。雖然他和大嫂不親……不過，他會在家裡乖乖畫畫，還真罕見吶。我還以為他只喜歡在外頭到處亂跑。」

「……會不會是因為腳受傷的關係？」

聽她這麼一說，我們才看到小男孩右腳上打著厚厚的石膏。門野幸作拍了一下手說：

「我想起來了，因為他從渠道的橋上摔下去骨折，我和大哥還輪流背著澄夫上醫院。只要稍一不注意那傢伙，就不曉得他會做出什麼事……」

栞子小姐把照片擺在腿上，攤開對折成四角形的紙張。看到紙上隱約有橫線，我猜這原本大概是便條紙。紙張很舊了，上面畫著滿滿像是灰色尖山的東西。

「這是什麼？」

聽見我發問，栞子小姐把畫轉了個方向。我這才了解意思，大概是戰艦的艦首。前後沒有清楚區分，所以也有可能是艦尾。總之上頭有砲台。

「大概是澄夫在照片上畫的圖畫的延伸。」

原來如此。照片上的確沒拍到這個部分，一定是拍完照之後才畫的。

「看樣子圖畫紙不夠他畫呢。」

門野幸作小聲笑了笑。那個吊兒郎當的男人也有過這麼天真無邪的孩提時代。但是，有件事讓我很好奇，不論是這幅畫還是這幀照片，都和《請賜予我五月》一點關係也沒有，到底為什麼會夾在這裡呢？

栞子小姐拿著紙張的手突然微微顫抖，彷彿看見什麼可怕東西般雙眼大睜，臉色變得鐵青。

「怎、怎麼了？」

「大輔先生……這、這裡……」

她的舌頭打結，難得看到她談舊書時會出現這麼大的反應。我湊近看向她手指著的地方，那兒隱約留著圓圓的鉛筆字跡。

勉強可辨識出大約寫了三行字，而且只有開頭的幾個字。「閃耀」、「誰」、「剎那」。

（嗯……？）

我想起了什麼。好像最近才聽過。

「在閃耀的季節……誰能歌頌那張風帆？剎那間，我流逝的時間啊……」

栞子小姐以沙啞的聲音說。對了，就是〈五月的詩〉。

「這是……寺山的筆跡……」

好一陣子沒有任何人開口。有人擦去寺山親筆寫的字跡後，在紙上畫畫——到底發生了什麼事我不太想知道。

「確定是寺山修司寫的沒錯嗎？」

「從字跡特徵來看，恐怕沒錯……」

小孩子不懂作家親筆字跡的價值吧。如果他看得懂也很奇怪，所以他想要清除擋路的文字在上面畫畫，這樣做也很合理。

「但、但是，這應該不是這本書的原稿吧？如果是要出書的原稿，應該不是用這種普通便條紙，而是好好寫在稿紙上，不是嗎？」

「《請賜予我五月》進行出版作業時，寺山已經因為腎病而住院。長期的療養生活已經帶來經濟上的負擔，他也經常寫信向恩師討錢，因此平常不一定有稿紙。

再者，他也曾在信中感嘆作品要出版了，卻沒有人能夠幫他謄寫，這至少可以說明作品是有草稿的……因為內容幾乎都被擦掉，所以無法斷定，不過這張紙很有可能是《請賜予我五月》的草稿或筆記……」

已經過世的大哥也說過智惠子小姐總是能替他找來珍貴的東西，這肯定也是篠川智惠子找來的。當然，他一定很珍惜，因為就連只剩下隱約親筆字跡的草稿，他都這樣好好保存著。

「一定是澄夫做的沒錯吧。」

門野幸作以低沉的聲音對栞子小姐說。

「是的……從這幅畫看來也沒有其他可能性……」

全是因為圖畫紙不夠的關係吧。他因為骨折，腳不能動，懶得去拿新的圖畫紙，所以用了這間書庫裡找到的紙張——結果讓這個世界上絕無僅有的珍貴親筆草稿就這樣消失了。

「……怎麼不畫在背面就好了呢？」

我說。沒必要特地把字擦掉吧。

「因為這張紙不是很厚，也許他怕透過去……事實上背面好像也寫了什麼，不過完全看不出來背面的內容……」

這下子我無話可說。背面被擦掉的很可能是詩或短歌或俳句等其他草稿。

「……大哥就是從那時開始將書庫上鎖。」

逝者的弟弟徐徐開口。

「他開始對澄夫嚴厲也是同一時期。我也曾經覺得奇怪……原因或許就是這件事……」

栞子小姐翻完整本《請賜予我五月》後，靜靜合上，原本夾在裡頭的東西當然也恢復原狀。

有一件事情可以確定。

大哥不可能把這本書留給門野澄夫。絕對不可能。雖然不曉得原因是什麼，但是那個男人肯定在撒謊。

說到不曉得原因的還有一件事——結果，篠川智惠子想要給女兒的考驗是什麼？這個答案很清楚的「謎團」，究竟存在著什麼意義？

5

栞子小姐沒有立刻聯絡門野澄夫。知道他在說謊後，逼問他就很簡單了，但是，這麼一來，她也無法達成想要見母親的目的。我一開始一直以為她在煩惱著該怎麼做才好，但是我發現事情並沒有這麼單純。因為栞子小姐問我，今天晚上下班後有事嗎？

「我有些關於《請賜予我五月》的事情想要談談。」

我雖然對於她想要談的內容沒有線索，不過既然她特地確認我的行程，表示這事情很複雜吧。看樣子事情不是得知門野澄夫撒謊就結束了。

我坐立不安地工作著。表面上時間毫無停滯地過去，到了準備打烊的時候。但是從結論來說，我當天沒有機會問她關於《請賜予我五月》的事情是什麼。因為有位意外的客人來訪。

我將旋轉招牌收進店裡時，「請問……」有人對我說話。

「昨天很抱歉……有件事很希望找你們談談。」

氣色不佳的中年女性穿著不合季節的深藍色厚外套。她就是之前才見過的門野久枝。

早就整理完收銀機的零錢，做完打烊工作的栞子小姐正熱衷於看書，一見客人進門來，連忙把書塞進櫃台角落。她正在看的書是《作家自傳40 寺山修司》。既然是自傳，應該是寺山自己寫的傳記吧。書中還收錄了〈任誰無不思故鄉〉和〈橡皮擦〉。

這本是我們店裡原本就有的庫存書。她或許是為了那樁《請賜予我五月》的委託，正在調查些什麼吧。

門野久枝簡單問候之後，便進入正題。

「昨天，我聽幸作說了……澄夫毀了先夫原本擁有的寺山修司原稿，這是真的嗎？」

「……可以確定的確與他有關係。」

栞子小姐謹慎回答。

「那個東西很貴嗎？」

「我沒有見過實品，所以難以判斷，不過……我想的確有書迷願意花大錢收藏。因為寺山的親筆原稿在他死後，位於舊書界的價值又更高了。」

「這樣啊……」

她看向下方，表情沒有驚訝。可看見她緊咬牙根似乎在忍痛。

「我原本想要直接和他談，但是他的手機好像已經停用，聯絡不上他……我想他也許最近會過來這裡，能否麻煩你們到時把這個交給他？」

她從包包裡拿出厚厚的信封擺在櫃台上。那一包顯然裝著現金，而且是不少錢。栞子小姐不解地凝視著對方。

「澄夫毀了那張原稿當天，我也在那個家裡。打從他們父母親雙亡後，我就經常進出他們家幫忙做家事。」

我想起在門野家看到的照片，門野幸作說過拍照的就是她。

「幸作當時去國中校外教學不在家，我負責照顧澄夫。當時，他和我一點也不親，也很討厭我和他說話……漸漸地我也感到生氣，就讓受傷的他自己一個人待在書庫裡。

我也很清楚書庫裡有先夫珍貴的收藏品……如果我那時沒有移開視線，並去幫他拿不夠的圖畫紙……或許他和先夫的感情就不會惡劣到這種地步了。」

她似乎認為應該對於不是自己造成的錯誤負責。感情惡劣是他們當事人之間的問題，而且造成這種情況的主因是門野澄夫。她以這種方式給他現金，又能夠解決什麼呢？

玻璃門毫無預警地打開，一身黑的中年男子溜了進來。與門野久枝不同，才五月而已，他已經穿著短袖襯衫了。

「大嫂，妳果然在這兒。」

「澄夫……」

門野澄夫走近櫃台。他們兩人面對面比較之下，服裝的落差更加明顯。

「剛才我打電話到深澤的家裡，電話上的人說，妳有事找我，所以到文現里亞來了，我連忙追過來……嗯？這本是大哥過世之前說他正在讀的書。」

說完，他拿起《作家自傳40　寺山修司》，對我和栞子小姐露出天真無邪的微笑。

「午安……應該說晚安吧。然後呢，《請賜予我五月》的結果如何了？有辦法處理嗎？」

他當著大嫂——現任的書主面前直接問。不管怎麼說，我只知道這個男人小時候犯下了無可彌補的過錯。

「那個，澄夫，關於這件事……」

大嫂誠惶誠恐地開口。說話的語氣像是在說給小朋友聽。

「結果店裡的人也沒辦法弄清楚你大哥的打算。因為你大哥很寶貝那本書，不可能就這麼簡單地給你……」

她的說法莫名委婉，無法清楚指責是他撒謊吧。

「如果你是需要錢的話，能不能收下這個呢？」

她把剛剛擺在櫃台上的信封遞給門野澄夫。門野澄夫雙手捧著書，沒有絲毫動搖。

「……意思是妳不願意把《請賜予我五月》交給我嗎？」

「很抱歉……」

「那麼就算給我錢也沒有意義了。」

他冷冷地說。我瞠目結舌，我還以為他的目的就是錢，舊書只是次要。

「我已經和人約好要把《請賜予我五月》賣給對方了，沒有書就沒有意義。如果妳願意把書和錢都給我，我可以考慮。」

錯了，他的目標果然還是錢。這個人真的沒救了。大嫂大概是第一次聽到書已經約好要賣的事，她呆若木雞站在原地。

「如果找我就是為了這件事，我無話可說。還是妳要和我去哪裡喝茶？車站另一頭有不錯的咖啡廳……」

「……不了，告辭了……」

她只能勉強擠出這句話，準備對我們行禮離開。

「久枝女士，請留步。」

琹子小姐說。

「昨天我們造訪貴府時，看到了您在一九八一年五月二十日替澄夫先生拍下的照片，拍的是他在書庫畫畫的樣子。那張照片是最近才沖洗出來的嗎？」

聽到這唐突的問題，我也倉皇失措。這麼說來，我記得她當時很在意沖洗的時間點。

「欸、嗯……就在先夫過世之前不久，他說想看看家人的照片。我把現有的相簿全部拿給他看過，正好當時找到了我單身時拍攝卻忘了沖洗的底片，所以……」

這件事對於逝者來說大概有什麼意義吧。雖然我不是很清楚她問這個問題有什麼意義。

「謝謝，很抱歉攔住您。」

她的問題似乎已經問完了。遺孀臉上充滿困惑地離去。究竟是怎麼回事？

「原來大嫂拍了那樣的照片啊，我一點印象也沒有……一九八一年的話，我才六歲吧，我看起來怎樣？」

「我也有問題問你。」

栞子小姐完全無視他的問題，繼續說下去：

「你說過令兄過世之前正在讀那本書，真的嗎？」

「真的真的……妳記得我說過是大哥突然打電話給我，對吧？他始終不進入正題，我實在等不下去了，所以主動問他：『你最近在看什麼書？』於是他說正在重讀這本書，也因此才想到要打電話給我。」

他這麼說完，就把《作家自傳40　寺山修司》拿給我們看。封面是作者的肖像照，大概是中年之後才拍攝的照片，與《請賜予我五月》書中年輕的模樣完全不同。

「然後，他突然說要把《請賜予我五月》給我。」

「……我明白了。」

不曉得她明白了什麼，她輕輕點頭。

「已經沒有問題要問，你可以走了。」

她冷冷地說。門野澄夫也看不出什麼驚訝的樣子。

「了解……那麼，《請賜予我五月》就拜託妳了。」

他吹著口哨愉快地走出店外，沒有走向北鎌倉的驗票口，而是往反方向走去。他打算回去哪裡？這麼說來，我完全沒聽他提過現在住的地方。他的家人一定也不知道。

「那個人說的話，可以相信嗎？」

「他的人格無法相信……但是，只有這一次，他很可能是說真的。」

「呃……意思是……」

「他大哥或許真的要把《請賜予我五月》給他。」

我仔細盯著栞子小姐瞧，她的眼神很認真。我終於注意到原來她從未排除門野澄夫說實話的可能性。她的沉默只是在整理思緒，或許原本打算今晚就和我討論這件事。

「可、可是……他是那種人耶？幾十年來與家人處不好，只會找麻煩。他大哥有可能突然改變想法嗎？」

「因為單純發生了讓他改變想法的事情……看到那個書庫時，有件事我一直很在意。裡頭的藏書整理得很整齊，但是只有這本書和《請賜予我五月》的初版書擺在完全不對的地方。」

「什麼意思？」

「之前管理藏書的人都是書主門野勝己先生，對吧？他讀完之後也確實會擺回原本的地方。我猜想，這兩本書應該是直到他無法恢復意識之後，才由家人之中的某一位……對書一無所知的那一位，放回書庫裡……」

也就是說這本是他臨死前閱讀的書。這一點從門野澄夫剛才的發言中得到了證實，但是——

「請問，這點很重要嗎？」

「是的。」

栞子小姐斷然這麼說道。

「這本書應該就是關鍵。」

6

隔天，我們搭上單軌電車再度前往深澤。

這天不是公休日，所以栞子小姐的妹妹幫忙顧店。因為這天是她期中考的最後一天，下午有空，於是自告奮勇幫忙。

看樣子她似乎誤以為只要我們去店外進行某些調查之後，就會有大筆採購進來。大概是四月那趟江戶川亂步收藏的收購，讓她產生這樣的誤會吧。這次栞子小姐的目的是其他事情，就算解開謎團也不會得到什麼，不過我們沒有告訴她。

這天從一大早就在下雨，天氣令人心情鬱悶，梅雨季節的確就快到了。我們從單軌電車的車站撐著傘走向門野家，花了比預期中更多的時間。

出來應門的人是門野久枝。家裡既冷又安靜。

「您一個人嗎？」

栞子小姐拄著拐杖，一邊脫下短靴一邊問。玄關處擺了成排的男鞋，一定是過世的丈夫與孩子們的鞋子吧。裡頭還混了一雙格外破爛的運動鞋。

「是的……」

門野幸作不在這裡吧。欸，社會人士平日應該是要上班的。

我們面對面坐在前天來過的那間和室裡。我完全不曉得從栞子小姐的口中會說出什麼樣的真相。因為知道在這裡就會聽到答案，所以我之前什麼也沒問。

《請賜予我五月》的初版書早就擺在矮桌上。

「這是您從書庫裡拿出來的？」

「我想妳也許會需要。」

我偷偷觀察對方的反應。看起來很冷靜，但總覺得有些刻意，舉止和聲音都比上次更僵硬。

「然後，妳說有事……」

「久枝女士。」

琹子小姐突然叫她的名字。

「您認識我的母親……篠川智惠子，對吧？您們應該見過。」

「……什麼意思？」

「幸作先生說過家母有時會來這裡叨擾。自從大哥結婚、生孩子之後才逐漸疏遠……所以您應該有不少機會與家母見面吧？」

她沉著的表情裡隱約出現一陣顫抖。

「我們的確見過，從我和先夫結婚之前，就知道她了。這又有什麼問題呢……？」

「您為什麼沒說呢？」

「咦？」

「不管是好是壞，我母親都是很容易讓人留下印象的人。知道她的人，幾乎一定都會告訴我他們認識……除非有人因為什麼不想說的原因而不提。」

我想起門野兄弟。大概是因為琹子小姐長得太像母親的緣故，他們兩人都曾經對她提到篠川智惠子的事。不只是他們兩個，之前遇見的每個人也都是如此。

當然也有例外。就像志田那樣，顧慮栞子小姐而刻意隱瞞自己與篠川智惠子的關係；還有一種就是感到害怕，不希望再與她扯上關係的人。

「我沒有什麼特別的原因，也不是刻意隱瞞不提……妳要說的事情就是這個嗎？」

「不是，還有更重要的事情。」

栞子小姐打開《請賜予我五月》，拿出夾在裡頭的那張照片。照片上是小時候的門野澄夫，表情很嚴肅。

「這張照片原本一直都是底片狀態，沒有沖洗成照片。幸作先生、澄夫先生，以及您的丈夫之前都不知情……所以沒有任何人注意到。一九八一年五月二十日這天發生了什麼事情，這張照片留下了關鍵性的線索。」

「呃……」

她的視線在照片上遊移，似乎在找尋那個「線索」，但是她又立刻抬起頭。

「……我不懂妳在說什麼。」

「您的丈夫一直以為是澄夫先生把寺山用鉛筆寫的草稿擦掉後，在上面畫畫。我一開始也是這麼認為。但是，如果是這樣，澄夫先生是用什麼東西擦掉寺山寫的作品呢？」

空氣中瀰漫著微妙的氣氛。能夠擦掉文字的工具應該只有一個吧？

「用什麼？除了橡皮擦之外……嗯？」

我緘口。照片上找不到橡皮擦。

「您的丈夫規定書庫裡不可以擺放書本以外的物品。假如是澄夫先生擦掉的，表示他應該把橡皮擦帶進了這個房間。但是，這張照片中，他使用的是彩色鉛筆。橡皮擦擦不掉一般的彩色鉛筆，所以他不可能帶橡皮擦進書庫。」

「……那個時候應該已經有能用一般橡皮擦擦掉的彩色鉛筆了。」

門野久枝不是很堅定地反駁。但是，栞子小姐仍然緊咬著不放。

「或許是吧，但是，澄夫先生當時用的彩色鉛筆不是能擦掉的。請看清楚這邊。」

栞子小姐指著散落在地上的其中一張圖畫紙。那張畫的是艦橋的部分，似乎費了不少功夫才畫出來。

「畫錯的地方，澄夫先生打了叉。如果能夠用橡皮擦的話，他當然會用橡皮擦擦掉重畫才對。他沒有理由帶個無法使用的東西進書庫。」

栞子小姐攤開與照片夾在一起的舊紙張，巨大戰艦的一部分塗滿了灰色。門野久枝難受地轉過頭去。

「骨折而無法自由行動的澄夫先生，不可能特地前往其他房間去拿橡皮擦。如果他要去其他房間的話，應該會先找紙而不是橡皮擦。

真相恐怕是這樣。澄夫先生因為沒有圖畫紙而困擾著，開始在書庫裡垂手可及的範圍內尋找，因此他找到寺山親筆字跡早已被擦掉的紙張……他只是用了那張紙而已。」

我想起《作家自傳40　寺山修司》的封面，其中收錄了〈任誰無不思故鄉〉和〈橡皮擦〉。過世的大哥——門野勝己大概是看過這張照片之後，打開那本書時，看到「橡皮擦」這個詞而循線找到了真相。

然後，當場打電話給弟弟。

「這張照片拍攝前後，幸作先生因為校外教學不在家。所以有機會躲過管理收藏的勝己先生的眼睛，擦掉草稿的人，就只有妳了。」

門野久枝突然弓起背，以滿布皺紋的雙手遮著臉，看起來好像一口氣老了幾十歲。她沒有哭泣也沒有叫喊，只是保持這個姿勢動也不動。

「我原本在更早之前就想要道歉了。」

從她的指間流瀉出悶悶的聲音。

「但是，那天，勝己回到家，把那個孩子痛罵了一頓，那張恐怖的臉，我從來沒有看過，所以我愈來愈開不了口……」

我聽見她的啜泣聲。不過她仍繼續說下去。

「這三十年來，那個孩子的哭聲一直在我耳邊沒有消失……他只是待在書庫裡畫畫而已，卻被我牽連……打從那天之後，勝己看弟弟的眼神似乎有哪裡不一樣了……」

如果我那時沒有移開視線，並去幫他拿不夠的圖畫紙——她昨天說的這句話一定是真心話。她把文字擦掉時，應該沒有想過門野澄夫會把那張紙拿來畫畫。

「為什麼要把字跡擦掉呢？」

我問她。

「妳也知道書庫裡的東西是妳丈夫最重要的收藏，妳昨天不也這麼說了嗎？為什麼要做這種事呢？」

門野久枝顫抖。栞子小姐似乎沒打算追問理由，她似乎已經知道了。

「智惠子小姐……」

「咦？」

我不自覺出聲。為什麼會出現這個名字？

「當時，她也經常進出這個家。這個家裡的每個人都非常傾慕她……她遠比我漂亮又聰明……和勝己的嗜好也一樣。她替勝己尋找珍貴舊書賣給他……勝己經常秀給我看他不斷增加的收藏，說那是智惠子小姐帶來的、那是智惠子小姐找來的……」

門野幸作也說過，過世的大哥對於藏書很自豪。看樣子他連對自己的女朋友也炫耀過。

「老是聽到智惠子小姐的名字，我整個人都快瘋了。我為了他來到這個家，照顧不喜歡我的小弟，我比誰都還要盡心盡力，為什麼他對我好像絲毫不關心……繼續這樣放著不管，勝己或許會變成只滿心期待她帶來的舊書，或許真的會對我一點也不在乎……等我回過神時，我手上已經拿著他最寶貝的親筆原稿……」

像是擠出來的低沉聲音在整個房間內迴盪。對篠川智惠子的嫉妒，導致珍貴的親筆原稿從這個世界上消失。這是多大的損失，她一定也知道，所以她無法對任何人說。

她自然不可能提到篠川智惠子的名字。光是面對與她長相神似的女兒，都是一種痛苦吧。這就是那個「不想說的原因」吧。栞子小姐只是從有些不自然的態度，就看穿了這一點。

「對不起，澄夫……對不起。」

坦承不知不覺變成了像是在念咒語般的道歉。對一個不在場的人道歉，又有什麼意義？——就在我這麼想之時，與走廊分隔的紙拉門喀啦打開。

出現的人正是門野澄夫。他穿著一點也不適合這個房間的氣氛，也不適合今天天氣的扶桑花圖案夏威夷衫。臉上的表情儘管嚴肅，看來卻像是快要笑出來。

「咦……你怎麼會在這裡……？」

「你果然在這裡，在我們到達這裡之前。」

栞子小姐像是在回答我的疑問。男人露齒一笑。

「哎呀，原來被識破了。」

「因為玄關那兒有一雙鞋子看起來是你的。」

這麼說來，那兒有一雙莫名破舊的運動鞋。原來是他的東西啊。

「昨天我聽說找到我以前的照片了，所以想過來看看，順便也想知道《請賜予我五月》的情況怎麼樣了。因為大嫂說栞子小妹等人要過來，我本來也打算旁聽的，但結果被大嫂趕去書庫裡躲著……」

所以他待在書庫裡偷聽嗎？也就是說剛才的內容他應該全都聽到了——但是，他還是一樣臉上掛著輕浮的笑意。

「澄、澄夫……過去真的……」

「哎呀，沒關係啦，大嫂。」

他以溫柔的聲音說道，並在她旁邊蹲下，一見門野久枝仰起還留著淚痕的雙眼，他似乎難為情地搔搔頭。

「我已經不記得當時被罵的事了。我和大哥感情不好，全是因為我太沒出息。大嫂一直以來不是都替我說話嗎？我做過的事，一定也帶給妳很多不好的回憶吧。所以，妳用不著把這種小事放在心上……」

我對他手上的動作比較在意。他一邊說著讓人感動的話，同時把《請賜予我五月》裝進從口袋拿出的紙袋裡，接著還把圖畫和照片也小心翼翼地擺在一起。

接著他拿著紙袋準備站起身，門野久枝連忙以雙手抓住那只袋子。

「等、等一下，你打算拿走這本書做什麼？」

「做什麼？只是要帶走而已。大哥察覺到自己誤會我，所以把這本書給我當作道歉，想要和我重修舊好……栞子小妹，我說得沒錯吧？」

「……恐怕就是那樣沒錯。」

她不情願地點頭。

「只不過我沒有證據能夠證明……」

她沒忘了加上這一句。這次為了這個男人解謎，不是因為她喜歡，畢竟對方原本就是她不想見到的人。

「有沒有證據都無所謂吧。只要大嫂同意的話……不過既然妳討厭智惠子姊，一定不想看到她賣的書吧？」

「但、但是……這本書是你大哥很重要的遺物，我希望能夠繼續留在這個家裡。只有這本不能讓你拿走……反正你是打算賣了換現金吧？」

「大嫂。」

門野澄夫的表情突然改變，他端正跪坐，從上方握住大嫂抓著紙袋的雙手。突然，房裡充滿明亮的光芒，雨驟然停止，太陽一瞬間從雲間露臉。

「我的確打算賣掉這本書，不過是打算賣給會珍惜閱讀的書迷。大嫂對於寺山一點興趣也沒有，不是嗎？而且今後也不會讀這本書……

與其讓這本書沉睡在一到五月就充滿霉味的書庫裡，不如讓它離開，書也比較幸福。妳看，寺山也寫了《藍色種子在太陽裡》啊……啊，妳不知道嗎？書裡有寫。」

我旁邊的栞子小姐嘆氣。看樣子他的引用大概是斷章取義，不過我覺得他說的也沒錯。

「……大嫂，妳抓得這麼用力，會把書弄壞喔。」

他有些哀怨地說。大嫂愣了一下，把手放開。然後，就不再伸手了。

「你別再踏進這裡……別再出現在我們面前。」

「我知道，我也正有此打算。」

門野澄夫深深低下頭鞠躬。

「大嫂，感謝妳這些日子以來的照顧。」

門野澄夫大概是想趁著大嫂還沒改變主意，拿著紙袋快速離開。既然關鍵的書不在了，我們也沒有必要繼續待在這裡。約好這次的事情絕對不會告訴任何人之後，我們離開門野家。

太陽仍躲在厚厚的雲層後面，不過現在雨已經停了。

「這樣就算解決了嗎？」

我一邊走一邊問栞子小姐。總覺得無法釋懷。

「我想是解決了……也必須尊重死者的遺願。」

「可是他馬上就會把書拿去賣掉吧……《請賜予我五月》。結果，那位太太把寺山的親筆字跡全部擦掉，卻也沒有對丈夫說一聲抱歉。」

「門野先生……勝己先生很清楚弟弟的個性，所以我想他已有心理準備才決定把書給他。即使打電話給了弟弟，卻沒有對太太提到自己發現了……一定是因為他沒有打算責怪太太。」

「……也是。」

門野澄夫雖然很想要那本書，卻直到最後都沒有責怪讓自己頂罪的大嫂。這就是兄弟都期望的解決方式。已經沒有我們的事了，栞子小姐漂亮解決了篠川智惠子提出的「謎團」。

（……該不會——）

我突然渾身寒毛直豎。既然她能夠提出這個「謎團」，表示她早就知道答案了不是嗎？那位洞察力比女兒優秀的篠川智惠子不可能什麼也沒發現，而且她一定能夠立刻從門野久枝的微小反應推測出真相。就像栞子小姐剛才做的一樣。

如果她早就知道一切，知道門野家的人因為自己而發生齟齬、感情交惡，這幾十年來卻只是視而不見，我覺得這一點比什麼都還要恐怖。

我搖頭甩開這種想法。這種事情輪不到我插手，已經結束了。

總之，現在趕快回店裡去——此時，眼前突然遞出了一把傘。

「怎麼了嗎？」

「不、不好意思……可以幫我拿嗎？」

我們正要下坡。也許是拄著拐杖不好走，平常即使我主動提出要幫她拿東西，她也會強硬不給，所以我不知不覺也習慣了。這種事應該由我主動開口才對。

「好。」

我接過傘時，有個柔軟的東西碰到我另一隻手。

「咦……」

她握住我的手。她低著頭連耳朵都紅了。我沒有多餘的時間想其他的，只是回握她的手。

「我要去見母親。」

雖然看不到她的眼睛，不過她的聲音很清楚。

「不過，我會回來……一定會回來，回到這隻手能夠碰到的地方。」

這個人會不會某一天被她母親帶走呢？——我心中總是懷抱著這樣的不安。表白時也是如此。我不記得自己曾經告訴過她，也許是她不知不覺注意到了。

該不會這也是她自己的不安，或許她不是說給我聽，而是說給自己聽。

「我知道。」

我想我大概知道。

下坡時，再度開始下雨。我們沉默地鬆開手，撐起各自的傘。一穿過狹窄巷道，就看見單軌電車的車站了。

「啊……」

琹子小姐驚呼。順著她的視線看過去，我也屏息。有個人站在通往月台的樓梯上。穿著白色雨衣的長髮女性，隔著淺色太陽眼鏡直直凝視著我們。她的模樣還是和女兒極為神似。

我完全不清楚她究竟是怎麼知道我們的行蹤，沒想到她會這麼早出現。琹子小姐拄著拐杖走過行人穿越道，與站在屋頂下的母親面對面。車站的入口只有這裡。

「妳真悠哉啊，琹子。」

篠川智惠子說。

7

我們在空蕩蕩的月台上等著單軌電車，雨勢變得比剛才更強勁了。

我要搭乘上行電車回大船，母女兩人則要搭乘通往江之島的下行電車。這是篠川智惠子的提議。我當然不能一起去，她們兩人要單獨談話。

「澄夫把《請賜予我五月》帶走了嗎？」

母親似乎很愉快，不過女兒的表情很僵硬。

「……是的，就在剛才。」

「這樣。那麼妳姑且合格了，雖然花了太多時間。」

她沒有打算問發生了什麼事讓他把書帶走。剛才的疑慮再度掠過我的腦袋，她果然早就知道真相了吧——然後一直撒手不管嗎？

她突然看向我的臉，我感覺她的視線刺入我的眉宇深處，幾乎不自覺地停止呼吸。

「五浦，你有事情要問我？」

「……不，沒事。」

現在問又有什麼用？結果，篠川智惠子的嘴邊綻開淺笑。

「我當然全部都知道。」

我的背後一陣冷。我當然沒有開口詢問，她只是隨便回答嗎？如果不是這樣，為什麼會知道我在想什麼？

「哎呀，你不是想知道嗎？我還以為如果是你應該會問這個問題。」

我沒有說話。不是為了保持撲克臉，只是因為我怕她再度看穿我的想法，所以無法做出任何反應。我的手掌心不自覺地滲出汗水。

上行單軌電車進入月台，車廂門唰的一聲打開。

「大輔先生。」

栞子小姐對我說。

「我會盡量早點回去。」

剛才的不安再度掠過我的腦袋。她和篠川智惠子兩個人獨處，真的不要緊嗎？——不對，想要兩個人單獨談談的是栞子小姐，我應該要相信她。

背後傳來車門快關的警示聲，已經沒時間了。我抬起臉與她互相凝視。

「我在店裡等妳！」

能夠說的只有這個。我跳上車廂下一秒，門就關上了。單軌電車開了出去，待在月台上的她與景色一起朝著我的背後遠離。

我在大船車站下車，走向ＪＲ的驗票口。她們母女現在在聊什麼呢？我一直想著這件事，所以很晚才注意到，直到正要穿過驗票口前面的通道時，才看見那個花俏的夏威夷衫圖案。

「咦？」

門野澄夫在我面前靠著車站的柱子站在那兒，似乎在等人。

「……你們也搭單軌電車啊？我還以為你們一定是開車去的呢。」

他似乎沒想到會在這裡遇見我，難為情地笑了笑。

「店裡的車子正在送修。」

我回答。正好是被這個男人耍著玩的這幾天。他正如自己所說，是個沒出息的人，不過我心中對他的反感稍微緩和了。或許是因為知道他無辜頂罪一事。欸，雖說頂罪只有一樁，其他幾樁都是確定有罪。

「咦？栞子小妹呢？」

「她和其他人有約。」

「這樣啊。」

他沒有多大的興趣，一直注意著驗票口。他似乎不曉得栞子小姐和母親碰面的事——我突然看看他的腳邊，那兒有個十分龐大的布包。

「你要出國……」

我還沒說完旅行二字，門野澄夫高高舉起手。

「喂！這邊、這邊！」

他的音量太大，讓路過的人全部轉頭看過來。一位年輕女子從驗票口那頭一邊揮手一邊走過來。年紀大概與我相仿，她穿著牛仔褲和連帽T恤，就像要去附近的便利商店一樣。黑色長髮和眼鏡引起了我的注意。

「她是在我常去喝酒的店裡打工的研究所學生。她是寺山的忠實書迷，碩士論文的題目也是寺山。」

門野澄夫小聲替我說明。她來到我們面前停下腳步，彬彬有禮地打招呼。靠近一看才發現她的臉意外地長，臉頰上殘留雀斑的痕跡。給人的印象就是辛苦賺錢的學生。

他們兩人的交談很熟稔卻也一清二白。不管怎麼看都不像是超友誼關係。

「不好意思，把妳找出來……來，這是約好要給妳的東西，《請賜予我五月》。」

他把剛才裝進舊書的紙袋交給她。他打算賣給這個女生嗎？應該說，已經賣了啊。從深澤的家離開到現在還不到一個小時呢。

「哇！謝謝你。」

她笑著收下，不過聲音和表情裡都攙雜著困惑。

「我看一下。」

她皺著眉頭從紙袋裡拿出內容物。綠色封面一出現，她的眼睛立刻閃閃發亮，似乎是個表情很豐富的人。

「好棒……這真的是真品嗎？」

「真的是真品。有舊書店的人掛保證。」

他指指我。

「我是北鎌倉文現里亞古書堂的五浦。妳好。」

突然牽扯到我，我只好打招呼。

「我家大哥在他們店裡買來的……這是他過世之前留給我的遺物。」

我沒有說話。雖然省略了中間發生的所有事情，不過他基本上沒撒謊。

「啊，不行，那些是我的。」

研究生正要從紙袋裡抽出那張軍艦畫和照片。門野澄夫抓住那兩張，塞進牛仔褲口袋裡。

「……門野先生。」

她說。這次的表情很嚴肅。

「這麼重要的東西……書錢真的只要一千日圓嗎？」

「什麼！」

我不小心大叫。雖然不清楚這本書的舊書價格，不過書況好的東西，應該有幾十萬日圓的售價才對，而且這本有親筆簽名。只賣一千日圓，豈不等於送她了？

「我說好就好。反正這也不是我出錢買來的……只要真正喜歡這本書的人能夠好好珍惜、閱讀它就好。」

「一定的！我一定會好好珍惜。謝謝你！」

她鞠躬好幾次。原來這個男人想要這本書並不是為了錢，而是打算送給能夠「珍惜並閱讀的書迷」。

但是，他為什麼不把這件事告訴大家呢？

「妳今天等一下還要去打工吧？最好該走囉。」

門野澄夫催促道，女子才想起這件事。她看看車站的ＬＥＤ面板後，遺憾地皺著眉頭。

「嗯……你特地拿書給我，我們卻只能夠站著說話，真對不起。門野先生你也要保重……確定新住處之後，記得寫電子郵件給我。」

「我知道……我會寫信給妳。」

她小心翼翼地把舊書收進包包裡，就不斷揮著手，走過自動驗票機。直到看不見對方的背影，我才開口：

「你要搬家嗎？」

「咦？我沒說過嗎？……我打算去沖繩。住處雖然還沒確定，不過我已經找到工作了。我從很早以前就想住在南方，我喜歡溫暖的土地。」

笑容突然從門野澄夫的臉上消失。和剛才與大嫂道別時一樣，表情變得很嚴肅。我想剛才的道別大概是真心的。

「你在這裡看到聽到的，別告訴我家裡的人和栞子小妹喔。我不希望他們知道。」

「咦？為什麼？」

我原本打算有機會就要說，他們應該也會多少改變對於這個男人的印象。

「他們不知道的話，比較容易和我保持距離。被誤解對我來說正好。不是有人說過嗎？『如果誤會能夠帶來幸福，如果誤會能夠讓你滿足，我會深愛著誤會』……」

「這句話也是出自寺山修司嗎？」

「……雖然我只是斷章取義。你不可以相信我所說的話，我可是把贓物拿去你工作的店裡販售的小偷呢。」

我覺得自己稍微懂了這個男人。剛才的女孩有點類似栞子小姐——不對，或許應該是說類似她的母親。

就和他的兩位哥哥一樣，這個男人也仰慕篠川智惠子。眼見與她神似的女兒苦於不熟悉的舊書店經營工作，他自然不可能視而不見。

他拿到我們店裡賣的書固然多半都是贓物，但是也並非全部都是贓物。會不會是剛開始也想正正當當地幫助栞子小姐，所以賣的是自己的書，但是後來無書可賣了，只好越界呢？

反正就算我問他，他也不會老實回答吧。畢竟他說過自己「深愛著誤會」。

「我不會告訴其他人。」

我說。

「不過，你還是把地址告訴大家比較好。」

想了一會兒，門野澄夫點頭。

「我知道了……我會說的。」

沒想到他回答得如此坦率。不過他的語氣與剛才說會寫信給那女生時幾乎一模一樣，這點讓我有點掛意。

這件事之後沒多久，我買了《請賜予我五月》的再版書。

我忍著暈眩，花了好幾天時間，總算讀到最後。幸好書中很多短歌和俳句。我好久沒有讀完一本書了。

感覺就是年輕人所寫的作品集，他當時也的確很年輕。我當然無法說明這部作品，不過我覺得是本好書。書中充滿著編織文字的喜悅及自信。

最後用來代替後記的文章，突然讓我停下目光。

……然後，我現在的年紀十分夠資格了。這部作品集將成為我今後出發的勇氣，讓我與「無法感知生活而感傷」的自己道別。我會丟掉書本走進街坊城市吧……

我想起門野澄夫。留下珍貴的初版書，出發前往遙遠南方城市的男人——我不知道這個聯想是否正確。就像那個男人嘴裡說的，只是斷章取義。

自從那天與他在驗票口道別後，我再也沒有他的消息。

他當然也沒有和家人、和任何人聯絡。

斷章Ⅲ

木津豐太郎《詩集 普通的雞》（書肆季節社）

無數的雨滴在玻璃窗上畫出斜線，我和母親面對面坐在下行單軌電車上，乘客只有我們。只剩下我們兩人之後，我們還是沒有交談。水滴從交叉放置的兩把雨傘上滴落，積成小小的水池。

我低頭看著自己的手掌心，剛才與大輔先生牽手的那隻手還留著溫度。

「怎麼了，栞子？」

視線外傳來母親的聲音。

「五浦也回握妳了嗎？」

我低著頭悄悄咬唇。母親很擅長從眼睛些許的移動、姿勢、呼吸速度和間隔，讀出他人的內心。就像快速翻完一本書之後，透過看到的關鍵字掌握整本書的內容一樣。而且她的問題不是普通疑問，而是像夾在我心裡的書籤一樣。只要我回應，她就能夠藉此讀出更多的我。

小時候的我很愛母親，但是，我對於她喜歡讀取他人話語的字裡行間之意，藉此了解對方內心深處的習慣，怎麼樣也無法接受。因此，在母親面前，我不再談書本以外的話題。也因為我原本就個性沉默，在他人面前也逐漸變得不開口，結果造就出今天這個不擅長溝通的我。

「妳現在在看什麼書？」

以前想要和我說話時，母親就會以這個問題為開端。我這才抬起頭，從托特包拿出一本書。

木津豐太郎的《詩集　普通的雞》，一九八三年出版的三百三十三冊限量版。沒有書盒也沒有石蠟紙，這本書是我在其他書店的均一價花車上找到的。我原本打算讀完後要告訴大輔先生感想。

「哎呀，好懷念。這是一本很棒的詩集呢。」

母親的臉上綻放笑容。她果然讀過。這世上大概沒有她不曉得的書，而我則是第一次讀。

「那是存在的藍色月夜，那是不存在的白色遊艇。沒有色彩的空間是沒被發現的空間，但是，彩色的空間也是尚未被發現的空間；沒有色彩的群島是沒被發現的群島，但是，彩色的群島也是尚未被發現的群島……」

她流暢地開始背誦。篇名是〈那是存在的藍色月夜〉，我特別喜歡的詩。彷彿聽到自己的聲音被錄下來一樣，一股詭異和懷念的感覺湧上心頭。

「……水桶不含吉他，不含他人的他人，不含自己的自己。隱約感覺到大海，去了，但是又回來了。我試著喊了聲，母親。入口和出口為什麼相同……」

這段期間，單軌電車仍在山間行走。抵達海邊還有一段距離。我深呼吸，主動找母親的人是我，必須由我先開口。

「我……」

母親停止背誦，兩隻眼睛立刻想要開始讀取我。無所謂，她想要這樣就這樣吧。我已經沒有什麼好隱藏了。

「我喜歡大輔先生……很喜歡。」

說出口時，一股薔薇色的心情滿溢而出。這心情在我出院之前，從他一度辭職時開始，就一直在我心裡。我似乎害怕將它說出口，一直把它藏在心底深處過日子。聽到他告訴我他喜歡我時，這九個月來逐漸長大的蓓蕾，終於有了名字。

「妳打算和他交往嗎？」

「……是的。」

「不是只打算和他上床？」

「妳……」

我因為她說得這麼直白而嚇了一跳，渾身發熱顫抖，無法掩飾自己的反應。

「不、不、不是！我、我、我想和他以、男女朋友的身分……交往。」

然後，過了一段時間，如果彼此的心意還是一樣，也許會結婚。他也說過可以。

「妳是為了向我報告這件事才想見我嗎？」

「……不是。」

我不會為了這種事讓他等我回應。讓我猶豫的契機，是上個月母親對我伸出的手。在鶴岡八幡宮的二之鳥居前面，找我一起去旅行、一起去找亂步尚未發表的親筆原稿時，伸出的那隻手——如果大輔先生沒有叫住我的名字，我或許會握上那隻手。

對於知識的渴望及感性的追求能夠讓她拋下一切，而我的身體裡也流著這個人的血液。也許將來有一天，不用她找我，我也會消失。

「我想知道妳和爸爸的事。」

我說。

「你們為什麼會結婚……事實上是什麼關係……？」

十年來，父親守護那家店、養大兩個女兒的背影我都看在眼裡。他幾乎不提妻子的事，因此我想他或許很生氣。但是，不是這樣。他不斷反覆閱讀著婚前母親送他的《蒲公英女孩》。

他大概一直惦記著她。

「為了避免招致和我們一樣的結果，妳想要知道我們的過去嗎……什麼啊，原來是這樣。」

「這件事……對我來說很重要。」

如果抱持的是憤怒，還能夠從中得到救贖。但如果只是一直等待這個人回來的話，十年也未免太長了。

在我眼裡大輔先生現在的背影和父親的背影交疊。一想像我不見之後，他仍會繼續默默工作的樣子，光是這樣想像，就讓我的身體如凍僵般動彈不得。

「正好是三十年前的櫻花盛開時節，他同時向我請求交往和結婚。他很努力地對我解釋初次邂逅時的印象、對我無可取代的心意……妳很難想像爸爸他這個樣子吧？」

我只能點頭。那和我及文香所知道的父親完全不一樣，沒想到他有這麼熱情的一面。

「我也很煩惱，跟妳現在的煩惱有點類似吧。我有預感自己某天會突然消失，離開出生長大的土地，前往遠方……我們就是有這種特質。我希望他給我時間考慮，請他等我到五月底。」

我僵了一下。和此刻的我做的事情完全一樣，就像商量好的一樣。

「結果，我讓他等到了五月三十一日。那天的事情我至今還清楚記得，那天是公休日，我們在店裡工作，我正好在櫃台裡替理查德．布勞提根《愛的去向》標好價錢……」

新潮文庫版——我心想。當時應該還沒有絕版，一定是擺在均一價花車上的商品。

「他說：『請告訴我您的答案。』……年紀較大的他因為緊張而用了敬語，聽起來很好笑。我回答：『我願意和你交往，若你願意，結婚也沒問題。』……不過，只有一個條件。」

「條件？」

「我說，也許有一天我會突然從你面前消失。也許是五年後，也許是十年後，沒有預警也不會留下蹤跡……如果這樣你可以接受的話，我們就暫時在一起吧。」

我無法否認自己感到強烈憤怒的同時，也有幾分羨慕。如果喜歡的人願意如此接受自己，是多麼美好的一件事。

「怎麼這樣……爸爸怎麼說……？」

「他說：『沒關係，如果妳不見了，我會一直在這裡等妳。』他的確也遵守了約定。」

我緊握拳頭。這個人不改變自己，只希望能夠自由行動，卻要父親接受這麼任性的條件。

「可是，妳拋下了我和小文啊，就連不曉得你們之間約定的我們也受到牽連……」

「妳說的沒錯，這的確是我的失策。所以，我希望妳別再重蹈覆轍。」

「咦……」

一瞬間一抹黑暗的詭異感覺掠過我額頭。在我找到源頭之前，母親已經朗聲繼續說下去：

「沒有必要結婚。反正結果也不會改變，只是讓對方感到寂寞和悲傷而已……讓那個唯一信賴並接受自己的男人。」

光是想像大輔先生悲傷的表情，我的胸口就陣陣劇痛。

「妳、妳不離開的話……不就沒事了嗎？」

「是的，的確沒錯。只要我不是我的話……只要我是能夠在溫柔丈夫和可愛女兒們的包圍下生活，不買書也能夠滿足的女人的話……妳呢？栞子。妳敢說自己沒有欲望想要多讀一本書，獲得更多、更深的知識嗎？」

「那、那個……可是……」

「妳還沒有決定和五浦今後要怎麼做。事實上妳還很迷惘……妳希望在回答他之前，能夠和我談談就是最好的證據。比起愛，妳只是想要知道位在更深的地方、妳心底深處的真心話而已。妳想要轉開視線，背對另一個自己。」

玻璃窗突然染上一片黑暗。穿過意外漫長、令人呼吸困難的隧道之後，天空已經變成比剛才更深的顏色了。

「妳能夠讀出他人的內心。這種人不需要自己去品味愛的滋味，只要當作是一個知識的累積就好……妳剛才在門野家得知了一個戀愛祕密，對吧？他人的感覺、想法，全部都只能讀取而已。」

不知不覺間，母親的聲音不再讓我覺得不對勁。車站月台突然出現在眼前，終點站到了。

「我們去看海吧。好久沒和妳單獨去了。」

在她的催促下，我站起身。母親從一段距離外凝視著拄著拐杖走下月台的我，然後，她走在前頭領路。

「現在什麼都別去想就好，不需要急著做出結論……只要妳願意知道更多的事。把門野家的事情交給妳處理，也是基於這個原因。就算不與人深交，我們還是具備了解人心的能力。」

隱約感覺到大海——她動動嘴唇喃喃說道。大海就在步行可到的地方。

我們走向車站出口。

「這麼說來，我還沒有告訴妳《押繪與旅行的男人》的初稿後來的發展……結果變成很有趣的事情喔。」

她一邊輕笑著，一邊走下樓梯，回頭看向還在樓梯上方的我，然後，對我筆直伸出手。

「妳可以抓著我，只靠拐杖很危險吧？」

我的身體不曉得為什麼變得不安定，腳步蹣跚。大概是下雨讓樓梯下方變得昏暗，我就像正站在深淵邊緣一樣。這裡比較像是入口，而不是出口。

（入口和出口為什麼相同？）

腦海中有誰在喃喃說著。我回頭看向背後的月台，那兒有班等一下要回大船的上行電車。

（去了，但是又回來了。）

背誦的聲音突然變得清晰，那是我十分熟悉的聲音。

「大輔……」

這麼說來，我和他約好了不會太晚回去。去海邊的話，沒有辦法很快回來。我也想要告訴他《普通的雞》的感想。

我重新感覺到原本輕飄飄的地面變得堅硬，臉頰上感覺到溼冷的風。

我低頭看向母親，穿著鮮豔白色雨衣的母親很美。從她看似遺憾的苦笑，我注意到她打算再度找我去旅行。大概是一場除了知識之外必須丟掉一切的旅行。

「媽。」

我試著喊了她——相隔十年以來第一次。不曉得為什麼，我快要哭出來了。

「我或許的確很迷惘。因為有一天我會成為和媽一樣的人，傷害自己最重要的人……這件事讓我比什麼都更害怕。」

母親什麼也沒說，只是接受著我的視線。

「但是，就算最後會變成這樣，我還是希望自己努力在事前盡力扭轉。我想大輔一定也希望我這樣做……我相信他是如此。」

從樓梯底下吹來變得更冷的風。彷彿聽到誰的呼喚，母親轉頭看向車站的出口方向。

「妳今天別去海邊比較好吧。」

她把雙手插進外套口袋裡，緩緩走下樓梯。我的視線無法離開她凜然的背影。

「……如果妳打算留在這裡，就要小心。」

最後聽到的這句話始終在我耳裡回響。她究竟要我小心什麼？

當時，我還不知道答案。

終章

理查德・布勞提根（Richard Brautigan）《愛的去向》（新潮文庫）

從門野家回到文現里亞古書堂過了好一會兒，雨停了，夕陽露出臉來。我拿下均一價花車上的塑膠布，順手用抹布輕輕擦拭旋轉招牌。招牌重新做好沒多久，最近卻已經有明顯的汙垢。

店裡只有我一個人。再度回到櫃台後頭，我才發現忘了關上玻璃門——但是我還是繼續替文庫本標價，反正等一下就要準備打烊了，待會兒再關就好。有一陣舒服的風正好吹進來。

我沒說錯，我的確正在給書標價，最近栞子小姐也讓我替一些售價便宜的書本標價了。當然店長事後會嚴格把關，這也算是訓練。

我拿起最後一本書。理查德・布勞提根的《愛的去向》新潮文庫，昭和五十年發行的初版書。書況很糟糕，不過也許是絕版文庫。如果是的話，標得高一點——

「那本便宜標就可以了。那是早川epi文庫復刻的版本。」

我一抬頭，只見栞子小姐站在櫃台前面。她輕輕披著綠色的薄外套，背對著夕陽的她美到令人屏息。

「大輔，我回來了。」

「妳回來啦。這是，什麼小說呢……是小說沒錯吧？」

「一九七一年發表的美國小說。故事的舞台是一間只收集符合特殊條件書籍的奇妙圖書館……住在圖書館並在此工作的男主角面前，有天出現了一位外貌完美的美女。是一個充滿獨特氛圍的奇幻故事。」

聽到「外貌完美」時，我看了看栞子小姐。雖說這裡不是圖書館，住在這裡工作的不是男人，而是美女。

「……書況不太好，看來只能夠擺在均一價花車上了吧。」

我佯裝平靜合上書，我當然注意到她對我的稱呼變成了「大輔」。大概是因為最近我們遇到的人都省略稱謂叫我們，所以她也跟著這樣叫。「大輔」這稱呼很親密，我覺得很開心。希望她以後繼續這樣叫我。

「大輔。」

「是。」

我低著頭隱藏湧上的笑意，堆著準備上架的文庫本。

「對不起，讓你等那麼久……那個，請，和我……交往……」

一瞬間我停止全身動作——剛才，好像聽到了類似表白答覆的內容。

「……咦？」

我第一件做的事情是確認月曆。怎麼看，日子都還不到五月底。還剩下五天。我像個笨蛋似地望著牆壁，琹子小姐繼續對我說：

「那、那個……我也、喜、喜歡……大輔……」

我不自覺踢開椅子站起來。她的肩膀抖了一下，不過眼睛沒有轉開，就像是下定決心不要轉開視線一樣。只不過她的臉變得好紅。

「妳、妳可以再說一次嗎？……我沒聽清楚。」

我明明聽清楚了卻撒謊。我不希望這麼重要的事情在我看向旁邊時就結束了。

「好、好的。我…………喜、喜歡…………大輔…………那個、今、今後也請多多指教！」

她僵硬地低頭行禮。最關鍵的地方雖然聲音很小而且吃螺絲，但是如果我要求她再說一次的話，她很可能會逃進主屋去。我大大深呼吸，心情稍微平靜下來了，卻感覺很不真實。我們真的要交往了嗎？

「妳和母親談過了？」

「是的。」

琹子小姐回過頭來，好像陽光太耀眼似地瞇著眼睛。感覺她好像正在凝視著遙遠、比山還遙遠的大海。

「我一直很害怕……害怕自己有天也會和母親一樣失蹤……把你丟下。我一直在想這件事，不小心隔了好久卻還沒給你答覆……」

「嗯？為什麼會拋下我離開？」

我不曉得她和母親談了什麼，也無法了解她因此而煩惱不已的理由。如果她會被母親帶走的話也就算了，如果不是，我的心早已做好決定。

「呃，因為……大輔你也知道吧？我母親做的事情。十年前她突然失蹤，直到前陣子都沒有任何消息……」

「不是，我的意思是，我也和妳一起去不就得了？」

她當場張嘴愣住。很難得見到她出現呆愣的表情——我不覺得自己說了什麼奇怪的話啊。還是說她沒聽懂？我咳了咳，繼續說：

「如果是栞子小姐想要追求的有趣事物，我一定也會覺得有趣。再說，如果妳離開，一定也會開舊書店吧？到時候也會需要店員。對我來說，也會學到很多關於舊書的知識……啊，難道不行嗎？」

我原本只是想清楚說明，她卻沒有反應，讓我開始擔心了起來。

「呃、欸，如果是無論如何都不能帶個門外漢去的話，那種情況就另當別論……我說的情況是如果不是不行的話，而且如果栞子小姐妳不嫌棄的話……」

栞子小姐突然對我伸出沒有拿拐杖的那隻手，越過櫃台抓住我的圍裙胸口，用力把我拉向她，同時她也向前探出上半身。她那張此刻快要哭出來的臉龐就在我面前。

「怎麼可能……我怎麼可能嫌棄你……」

從她嘴裡發出沙啞的哽咽聲。然後，她閉上眼睛遮住溼潤的雙瞳，細細的下顎仍然往上仰起，她一直在等待著。我當然明白她在等待什麼。我伸手支著她發燙的臉頰，逐步向她湊近自己的臉——

突然，正面玻璃門發出銳利的聲響讓我嚇了一跳。我的身體離開她，連忙繞到櫃台另一側。那是我過去不曾聽過的聲音。

什麼不尋常的事情發生了。入口處雖然沒看到人，但是很明顯剛才有人一直待在那裡。一塊玻璃出現放射狀裂痕，好像是被石頭之類的東西打出來的痕跡。我一邊警戒著一邊走出店外，環顧四周。通往月台車站旁的馬路上杳無人煙。

我突然注意到均一價花車上擺著一張對折的紙片。拿起紙片，回到店內，站在櫃台旁邊的栞子小姐表情很僵硬。

「怎麼了？」

「拿東西丟玻璃的傢伙跑掉了。」

「那張紙片是？」

「擺在外面的……這是什麼？」

翻過對折的紙片，後頭有署名。好像是一封信。

給　篠川栞子

不是手寫字，是打字列印的文字。不曉得寄信人是誰，不過我有一股不好的預感。我緩緩地打開紙片——

「啊……」

栞子小姐小聲驚叫。我費了一番功夫才克制住雙手的顫抖。信中只寫了一行字。

我知道妳調包《晚年》的猴戲。和我聯絡。

我腦海中掠過在夕陽西下的醫院屋頂上著火的那本書。為了保護太宰治的《晚年》初版書，栞子小姐以復刻版調包並放火燒毀。發現她這伎倆的人應該只有我才對。

我一直以為沒有其他人知道。

但是，或許還有其他人發現了真相。當時在醫院屋頂上的另一個人，現在保釋中，可自由行動，對於栞子小姐懷有強烈憎惡也不奇怪的男人。

內容底下有寄信人的名字。

田中敏雄——是那個過去曾讓她受重傷的傢伙。

待續

後記

相隔十個月沒有寫後記了。我努力希望早點寫完，不過和前一集還是隔了一段時間。期待已久的各位，很抱歉，讓你們久等了。

寫《古書堂事件手帖》的過程中，我的藏書愈來愈多。當然是有原因才會買，不過出現在作品中的只是極小一部分。

同樣書名的書也愈來愈多。比方說，這次第二話提到的手塚治虫《怪醫黑傑克》，我謹記著自己是為了工作才採購資料用書，但是寫完之後數了數，卻發現光是舊冠軍漫畫版就有七十本。附帶一提那套書全部也只有二十五集。當然在《古書堂》裡也沒有提到那麼多本書。

包括相關書籍在內的話，數量更是驚人。每次我總會不解為什麼會變成這樣，趁機好好檢討一番就會發現常常都是「不曉得會不會派上用場，為了保險起見，我還是先買下來好了」，才會累積這麼多。原因就是「保險起見」。

話雖如此，「保險起見」還是非常重要。每次我認為「買下來只是保險起見……應該用不上」的書，最後多半會頻頻登場。搞得我不得不把乍看之下無用的東西也姑且先買回家，家裡的空間當然不夠用。

儘管為此煩惱不已，不過我決定把寫《古書堂》過程中資料不斷增加的情況視為大自然的定律，不再去煩惱。人類不曾涉足的大地總有一天會綠意盎然，成為能夠孕育生命的地方。不會受到渺小的人類意志影響，也不是任何人的責任。只要多買幾個書櫃就搞定了。

回到正題。如同上一集我在後記中也曾提過，故事已經通過折返點，即將進入尾聲了。寫第五集的同時，我也在收集第六集之後的資料，應該能夠縮短下一集上市的間隔時間。

各位如果願意繼續賞光，我會很開心。也請再多多指教。

三上　延

參考文獻（省略敬稱）

《彷書月刊》（弘隆社．彷徨舍）
田村治芳《彷書月刊總編》（晶文社）
組合史編纂委員會編《神奈川舊書組合三十五年史》（神奈川縣古書籍商業協同組合）
高野肇《租書店、舊書店、高野書店》（論創社）
手塚治虫《怪醫黑傑克》（秋田書店）
手塚治虫《BLACKJACK Treasure Book》（秋田書店）
手塚治虫《BLACKJACK ILLUSTRATION MUSEUM》（秋田書店）
手塚治虫《午夜》（秋田書店）
手塚企劃監修、中野晴行編《BLACKJACK完全摘要》（秋田書店）
手塚企劃監修、山本敦司編《BLACKJACK 300STAR’S Encyclopedia》（秋田書店）
手塚企劃編《手塚治虫全史》（秋田書店）
《週刊少年冠軍》（秋田書店）
《手塚迷Magazine》（手塚治虫書迷俱樂部）

《別冊太陽　手塚治虫漫畫大全》（平凡社）

夏目房之介《手塚治虫在哪裡》（筑摩Library）

櫻井哲夫《手塚治虫　與時代交鋒的表現者》（講談社現代新書）

《別冊寶島二八八號　70年代漫畫大百科》（寶島社）

朝日新聞學藝部《出版界的現實》（MIKI書房）

佐藤敏章《神的伴走者　手塚號13＋2》（小學館）

一億人的手塚治虫編輯委員會編《一億人的手塚治虫》（JICC出版局）

安藤健二《封印作品之謎》（太田出版）

赤田祐一、Barubora《被迫消失的漫畫》（鐵人社）

橳島次郎《切除精神手術》（岩波書店）

Harold I. Kaplan／Benjamin J. Sadock《Pocket Handbook of Clinical Psychiatry》（醫學書院MYW）

Harold I. Kaplan／Benjamin J. Sadock／Jack A. Grebb《Synopsis of Psychiatry》（Medical Science International）

寺山修司《請賜予我五月》（作品社）

寺山修司《寺山修司全歌集》（講談社學術文庫）

寺山修司《丟掉書本上街去》（芳賀書店）

寺山修司《續　丟掉書本上街去》（芳賀書店）

寺山修司《寺山修司著作集》（Quintessence出版）
寺山修司《寺山修司的失物》（角川春樹事務所）
寺山修司《作家自傳40　寺山修司》（日本圖書中心）
寺山修司《現代的青春論》（三一新書）
寺山修司《離家出走的建議》（角川文庫）
寺山HATSU《寺山修司所在的風景　母之螢》（中公文庫）
九條今日子《MONSIEUR寺山修司》（筑摩文庫）
田中未知《與寺山修司共生》（新書館）
塚本邦雄《麒麟騎手　寺山修司論》（沖積舍）
中井英夫《定本　黑衣的短歌史》（WIDES出版）
《寺山修司紀念館1～2》（寺山世界）
《現代詩手帖　1983年11月臨時增刊　寺山修司》（思潮社）
風馬之會編《寺山修司的世界》（情況出版）
小菅麻起子《初期寺山修司研究》（翰林書房）
小菅麻起子編著　九條今日子監修《寺山修司　青春書簡》（二玄社）
小川太郎《寺山修司　那個不得而知的青春》（中公文庫）

高取英《寺山修司　過激的疾走》（平凡社新書）
高取英《寺山修司論》（思潮社）
長尾三郎《虛構地獄　寺山修司》（講談社文庫）
出久根達郎《作家的價值》（講談社）
理查德·布勞提根《愛的去向》（新潮文庫）
小沼丹《黑色手帕》（創元推理文庫）
木津豐太郎《詩集　普通的雞》（書肆季節社）

國家圖書館出版品預行編目資料

古書堂事件手帖 . 5, 栞子與心手相繫之時 /
三上延作 ; 黃薇嬪譯 .
-- 初版 . -- 臺北市 : 臺灣角川 , 2014.11
面 ;　公分 . --（輕 . 文學）

譯自 : ビブリア古書堂の事件手帖 . 5,
～栞子さんと繋がりの時～
ISBN 978-986-366-210-5(平裝)

861.57　　103019047

古書堂事件手帖 5 ～栞子與心手相繫之時～

原著名＊ビブリア古書堂の事件手帖 5 ～栞子さんと繋がりの時～

作　　者＊三上 延
插　　畫＊越島はぐ
譯　　者＊黃薇嬪

2014 年 11 月 25 日　初版第 1 刷發行
2020 年 1 月 31 日　初版第 3 刷發行

發 行 人＊岩崎剛人
總 經 理＊楊淑媄
資深總監＊許嘉鴻
總 編 輯＊呂慧君
主　　編＊李維莉
設計指導＊陳晞叡
印　　務＊李明修（主任）、張加恩（主任）、張凱棋

台灣角川

發 行 所＊台灣角川股份有限公司
地　　址＊105 台北市光復北路 11 巷 44 號 5 樓
電　　話＊（02）2747-2433
傳　　真＊（02）2747-2558
網　　址＊http://www.kadokawa.com.tw
劃撥帳戶＊台灣角川股份有限公司
劃撥帳號＊19487412
法律顧問＊有澤法律事務所
製　　版＊尚騰印刷事業有限公司
I S B N＊978-986-366-210-5

※版權所有，未經許可，不許轉載。
※本書如有破損、裝訂錯誤，請持購買憑證回原購買處或連同憑證寄回出版社更換。

©EN MIKAMI 2014
First published in 2014 by KADOKAWA CORPORATION, Tokyo.
Chinese translation rights arranged with KADOKAWA CORPORATION, Tokyo.